KB114609

戰王
야수왕

FANTASTIC ORIENTAL HEROES

류진 新무협 판타지 소설

야수왕 6권

류 진 新무협 판타지 소설

초판 1쇄 찍은 날 § 2014년 1월 23일
초판 1쇄 펴낸 날 § 2014년 1월 29일

지은이 § 류 진
펴낸이 § 서경석

편집부장 § 권태완
편집책임 § 정수경

펴낸곳 § 도서출판 청어람
등록번호 § 제1081-1-89호
등록일자 § 1999. 5. 31
어람번호 § 제2-2457호

주소 § 경기도 부천시 원미구 심곡2동 163-2 서경B/D 3F (우) 420-822
전화 § 032-656-4452팩스 § 032-656-4453
http://www.chungeoram.com
E-mail § chungeorambook@daum.net

ISBN 978-89-251-3691-2 04810
ISBN 978-89-251-3452-9 (세트)

6

[완결]

야수왕

류진 新무협 판타지 소설

FANTASTIC ORIENTAL HEROES

目
次

第四十章

갈등

설백천은 황적심을 등에 업고 끈으로 연결했다. 조심스럽
게 마당을 가로지르는데 황적심이 귀에 입김을 뿜으며 말했
다.

　　"자… 잠깐만……."

　　"조용히 해."

　　"조용히 하려고 그러는 것이네. 뭘 좀 꺼내서 먹으려고."

　　황적심은 하나 남은 손으로 품을 뒤적이더니 새끼손톱보
다 작은 환약을 꺼내 삼켰다. 허일한이 의심 가득한 눈초리를
하고 물었다.

"그건 뭐냐?"

잠시 눈을 감고 있던 황적심이 말했다.

"내 숨소리를 들어보게."

귀를 기울인 설백천은 깜짝 놀랐다. 황적심의 숨소리는커녕 맥박 뛰는 소리도 들리지 않았다.

"어때? 완벽하게 감춰졌지? 이 정도면 나 때문에 예야후에게 걸리는 일은 없을 거야."

"누구 때문에 이 짓을 하고 있는데? 그리고 야후가 아니라 동아야."

"그 사람을 정의하는데 껍데기냐 영혼이냐 하는 논쟁을 하기에는 시간과 장소가 적당하지 않군."

허일한이 설백천에게 말했다.

"이 사기꾼 기절시켜서 가자. 말이 너무 많아."

"지금부터 한마디도 안 하지."

황적심은 입을 꾹 다물었다. 설백천과 허일한은 마당을 지나 열린 대문 사이로 몸을 뺐다. 그때 갑자기 집 뒤쪽에서 누군가 뛰어오는 소리가 들렸다.

재빨리 몸을 돌리는 그들에게 마당으로 들어서는 중년인이 소리쳤다.

"예야후가 눈치챘습니다! 어서 도망치십시오!"

'어떻게?'라는 물음을 던질 시간 따위는 없었다. 설백천과 허일한은 골목을 내달리다가 앞을 가로막는 집의 담을 넘었다.

감나무 세 그루가 심어지고 마당 한쪽에 우물이 있는 제법 넓은 집이었다.

담 그늘을 벗어나 마당 중앙을 가로지르는데 긴 비명이 들렸다. 그들에게 동아의 소식을 알려준 중년인의 마지막 목소리였다.

설백천과 허일한은 약속이나 한 듯 걸음을 멈췄다. 이목이 인간의 한계를 벗어난 동아다. 그들이 빨리 도망치면 기척을 들킬 가능성이 높았다.

눈빛을 교환한 그들은 조심스럽게 집 뒤쪽으로 돌아갔다. 다행히 개 같은 건 키우지 않아 소리를 내는 불상사는 막을 수 있었다.

집 안에서 기척이 느껴지지 않은 것으로 보아 모두 외출한 모양이다. 허일한이 모기 날갯짓보다 작은 소리로 속삭였다.

"이 안에서 동아가 가기를 기다리는 게 좋겠다."

설백천도 같은 생각이었다. 움직이는 기척에 동네에 산재한 개까지, 그들의 움직임을 알려줄 것들이 너무 많았다.

그들은 뒤뜰의 담 밑에서 동아가 떠나기를 기다렸다. 밖에서 개 짖는 소리가 들렸다. 한 마리가 짖자 언제나 그렇듯 온 동네 개들이 목청을 높였다.

그저 지나가는 행인일 수도 있고 하오문도가 일부러 만든 것일 수도 있었다.

저 정도면 예야후도 속아서 멀어질 것이다.

"조금만 기다리면 되겠군."

허일한의 중얼거림이 끝나자마자 옆집에서 사내의 고함이 들렸다.

"누구냐! 어? 소저는 뉘신데… 컥! 왜… 왜 이러시오?"

동아의 음성이 들렸다.

"이 집에 사람이 숨어 있지 않느냐?"

"그… 그런 사람 없소. 끅!"

더 이상 소리가 들리지 않은 것으로 보아 사내는 죽은 모양이다. 방문을 요란하게 여는 소리가 들렸다.

동아는 개 짖는 소리를 쫓아가지 않고 그들의 가까운 곳을 수색하고 있었다. 이 근처에 설백천 일행이 있다는 걸 확신하는 것 같았다.

기척을 느끼는 건 아닐 것이다. 숨소리조차 감추고 있는 그들을 감지하는 건 신이 아니고서는 불가능하다. 그리고 만약 기척을 느꼈다면 바로 그들을 찾아왔을 것이다.

'어떻게 된 걸까?'

처음엔 이 느낌이 무엇인지 몰랐다. 강력한 파도를 맞고 이

어서 계속 물결이 부딪치는 것 같은 느낌이었다.

그리고 가을의 바람처럼 가슴을 쓸어가는 이 느낌이 비로소 설백천이라는 걸 알았다. 그냥 본능으로 알 수 있었다.

설백천에게 가까워질수록 그 느낌은 강해졌다. 더불어 지금 설백천이 어떤 기분을 가지고 있는지까지 헤아릴 수 있었다.

동아는 설백천을 향한 느낌을 따라 걸음을 옮겼다. 어디 근처에 있는지는 감이 오는데 정확한 위치까지는 알 수 없었다.

그래서 개 짖는 소리 따위는 무시하고 주변을 뒤지고 있었다.

점점 가까워지는 게 느껴졌다. 죽인 사내의 옆집으로 다가갈수록 설백천의 느낌이 강렬해졌다. 쥐새끼처럼 숨어서 위험이 멀어지기를 기다리고 있겠지만 행운은 동아의 편이었다.

동아는 설백천이 모르게 천천히 다가갔다. 막 담을 넘으려는데 설백천에게서 변화가 감지되었다. 녀석이 갑자기 멀어진 것이다. 더불어 옷이 바람에 펄럭이는 소리까지 들렸다.

동아는 설백천을 따라 담을 뛰어넘었다. 눈에 보이지는 않았지만 어느 방향인지 정확히 알 수 있었다.

왼쪽으로 방향을 틀어 담을 넘자 우측에서 개 짖는 소리가 요란하게 들렸다. 설백천이 풍기는 느낌과 같은 곳이었다.

"설백천! 절대 도망칠 수 없다!"

컹! 컹!

담을 넘는데 갑자기 개가 덤벼들었다. 깜짝 놀란 동아는 본능적으로 발길질을 했다.

발에 채인 개의 머리가 박살이 나며 사방으로 피를 뿌렸다. 남색 치마에 피를 뒤집어쓴 동아는 욕설을 뱉은 후 다시 설백천을 추격했다.

굳이 느낌이 아니더라도 이젠 동네 개들이 훌륭하게 위치를 알려주었다.

잡는 것은 시간문제였다. 황적심까지 데리고 있으니 동아를 따돌리는 건 불가능하다. 그래도 역시 설백천은 설백천이어서 쉽게 눈에 들어오지 않았다.

담을 넘는 기척을 느꼈는데 쫓아가면 어느새 또 다른 집으로 들어가 좀체 모습을 볼 수 없었다.

가까운 거리에 있는 걸 알면서도 추격하는 시간이 이각이 넘어가자 점점 조급해졌다. 뭔가 잘못되어 가고 있다는 나쁜 예감도 들었다.

다행히 끝이 없는 마을은 없었다. 집의 간격이 넓어지며 비로소 담을 넘어가는 설백천의 뒷모습을 볼 수 있었다.

순간 동아는 이상함을 느꼈다. 설백천의 등에 아무도 없었다. 그렇다면 허일한이 황적심을 업었다는 것인데, 한 사람을 업고 설백천보다 앞서 움직이기는 힘들었다.

아무래도 허일한이 황적심을 데리고 중간에 다른 곳으로 빠져나간 모양이다.

황적심을 잡기에는 늦어버렸으니 설백천이라도 확실히 죽여야 한다.

두 채의 집을 더 지난 후에야 온전히 설백천을 볼 수 있었다. 넓은 황무지를 달려가는 설백천은 역시나 혼자였다. 미끼 역할을 한 걸 보면 예야후가 자신을 느낄 수 있다는 걸 설백천도 알고 있었던 모양이다.

당장 황적심을 살렸을지 몰라도 결국 설백천은 오늘 죽을 것이다.

사방이 탁 트인 황무지의 중앙으로 갈수록 흙먼지를 품은 바람이 심해졌다. 두 사람은 얼마 지나지 않아 뿌연 먼지를 가득 뒤집어썼다.

두 사람의 간격이 십 장 안쪽으로 좁혀졌을 때 동아가 외쳤다.

"설백천! 어디까지 도망칠 거냐!"

그 말을 기다렸다는 듯 설백천이 멈췄다. 천천히 속도를 늦춘 동아는 두 사람의 간격을 삼 장으로 만들었다.

"너와 난 참 질긴 인연이구나."

동아의 말에 설백천이 코웃음을 쳤다.

"동아 너와 난 악연이지."

"인연이든 악연이든 저승에서나 다시 이어지겠지."

설백천은 항복을 하듯 양팔을 활짝 벌렸다.

"죽여봐라."

"큭큭! 사고님의 마음을 믿는 모양인데 내가 아주 깊숙한 곳에 가둬놨어."

설백천은 그 자세 그대도 동아를 보고만 있었다. 정말 싸우지 않고 당할 모양이다.

얌전히 있는 게 심심하기는 하지만 시간을 절약할 수 있으니 나쁘지 않았다. 어서 설백천을 죽이고 황적심을 쫓아가야 한다.

땅을 박찬 동아는 삼 장 거리를 단숨에 줄인 후 설백천의 가슴을 향해 주먹을 내질렀다. 주먹에 묵직한 느낌과 함께 퍽! 하는 소리가 울렸다.

뒤로 훌훌 날아간 설백천은 땅에 떨어져 자욱한 먼지를 한참 일으키며 구른 후에야 멈췄다.

동아는 바로 쫓아가지 않았다. 단번에 죽였다고 생각지 않았고 저쪽에서 일어서고 있는 설백천도 확인했다.

'왜 이러지?'

동아는 혼란스러웠다. 설백천이 입안에 머금은 먼지를 뱉으며 말했다.

"야후 주먹은 이렇게 약하지 않아."

약한 게 아니었다. 바위라도 가루로 만들 수 있는 위력이었으나 다만 설백천을 죽이기에 약했을 뿐이다.

동아는 분명 있는 힘을 다해 공격을 했다. 아니, 그러려고 했다. 그런데 설백천의 몸에 주먹이 닿으려는 순간 갑자기 마음속에서 뭔가 울컥하는 감정이 치솟았다.

설백천을 절대 죽여서는 안 된다는 절박한 심정 같은 것이었다. 분명 예야후의 것이 아닌 동아 본인의 마음이었다.

"기필코 널 죽여 버릴 거야!"

언제나 입 밖으로 나오는 말은 마음까지 움직이게 하는 힘이 있었다. 그래서 그렇게 소리친 동아는 설백천을 향해 돌진했다.

이번에는 가슴이 아닌 얼굴을 향해 주먹을 뻗었다. 아까 같은 위력의 주먹이 얼굴을 때리면, 가슴과는 비교할 수 없는 충격을 줄 수 있었다.

세찬 바람 소리를 만든 주먹은, 그러나 설백천의 얼굴 한 뼘을 남기고 그 위력이 급격하게 줄었다. 설백천의 얼굴이 반대쪽으로 돌아가고 뒤로 넘어지기는 했지만 죽이기에는 턱없이 부족했다.

설백천은 입안에 고인 피를 뱉은 후 천천히 일어섰다.

"네가 내 위치를 알아낸 건 야후의 능력이지. 하지만 그것

은 그냥 능력이 아니라 야후의 마음이기도 하다. 날 향한 야
후의 마음."

"헛소리하지 마!"

동아는 발악하듯 소리치며 설백천을 향해 달려들었다. 괴
로움을 토하는 것 같은 소리를 지른 것은 설백천의 말에 화가
나서만은 아니었다.

설백천이 입가에 피를 흘리고 있는 그 모습을 보기가 괴로
웠다. 당장 설백천에게 달려가 그 피를 닦아주고 보듬어주고,
치료해 주고 싶은 마음까지 들었다.

이런 기분은 예야후일 때나 가능하다. 그는 동아다. 한 치
의 의심도 없이 동아 본인이다. 그런데 명백하게 설백천을 향
한 애정이 가슴을 파고들었다.

설백천에게 주먹을 날려보지만 이젠 설백천을 뒷걸음치게
하는 정도의 위력에 그쳤고, 나중에는 그저 가슴을 콩콩 두드
리는 계집애의 주먹밖에 되지 못했다.

황무지를 지난 바람이 저 멀리 보이는 산정쯤 다다랐을 오
랜 시간이 지난 후에야 동아는 주먹질을 멈췄다.

인정하기 싫어도 인정해야 한다. 지금 동아는 설백천을 죽
일 수 없었다. 예야후가 자신의 몸을 마음대로 움직이지 못하
듯, 동아 또한 예야후의 감정이 녹아든 자신의 마음을 어찌하
지 못한다.

"날 향한 야후의 마음이 있는 한 그 몸은 온전히 네 것이 될 수 없다. 절대."

동아는 금방이라도 울음이 나올 것 같았다. 설백천을 향한 미움이 일어야 하는 상황인데 저 가슴에 파고들어 마음껏 울고 싶었다.

"어떻게 해야 하지?"

자신도 모르게 그 물음을 던졌다. 그러자 설백천이 동아의 어깨를 잡고 부드러운 목소리로 말했다.

"오직 황적심만이 해결할 수 있는 일이라는 걸 너도 알 것이다."

"황적심으로 하여금 날 사고님 몸에서 빼내려는 수작이잖아!"

"아니라고 하면 뻔한 거짓말이 되겠지. 난 널 야후의 몸에서 사라지게 하고, 넌 야후의 존재를 그 안에서 아예 지우려는 노력을 하면 되잖아? 누가 이길지는 아무도 모르는 싸움이지."

동아로서는 너무 큰 위험이다. 하지만 설백천을 향한 이 강렬한 마음이 사라지지 않는 한 예야후는 온전히 자신의 것이 될 수 없었다.

예야후는 완전무결하게 동아에게 종속되어야 한다. 설백천 따위에게 눈곱만큼의 애정도 나눠줘서는 안 된다.

"좋아. 황적심에게 가지."

"그전에 한 가지 약속할 것이 있다."

"뭔데?"

"누구도 죽여서는 안 된다."

"내 심기만 건드리지 않으면 돼."

설백천은 완강하게 고개를 저었다.

"네 기분과는 관계없이 내 사람을 건드려서는 안 돼. 어쩌면 한동안 함께 지낼 수도 있는데 항상 불안해할 수는 없으니까."

하긴 죽이고 싶을 만큼 동아의 기분을 거스를 사람도 없을 것이다. 그런 사람이야 황적심 한 명이지만, 당분간은 죽일 수 없는 사람이다.

"좋아. 약속하지."

동아는 황적심이 어떤 술법을 쓰든 이길 자신이 있었다. 육체는 죽었어도 정신이 예야후를 지배한 것처럼 이번에도 동아는 최후의 승자가 될 것이다.

'사고님을 절대 빼앗기지 않아!'

*　　　*　　　*

대문을 열어준 여진은 설백천 뒤에 선 예야후를 보고 깜짝 놀라 물러섰다.

"소문주님. 끌려오신 겁니까?"

"아냐."

"그럼 예 사고님께서 정신을 차리신 겁니까?"

"아니."

"그럼 이 그림은 뭡니까?"

설백천은 마당으로 들어서며 말했다.

"당분간 우리와 함께 지낼 거야."

여진은 예야후가 두려운 듯 자꾸 뒤를 힐끔거렸다.

"대체 어찌 된 영문입니까?"

"허 추관과 황적심은 여기 있지?"

여진이 고개를 끄덕일 때 허일한이 방문을 열고 대청으로
나왔다. 그 또한 예야후를 보고 깜짝 놀라서 방안으로 후다닥
뛰어들어 갔다. 다시 나온 허일한의 손에는 검이 들려 있었
다.

"호들갑 떨지 마."

"어째 지금 보이는 장면은 이상하다."

"이상한 일은 이상하게 해결해야지. 자초지종을 설명할 테
니까 들어가자고."

그들은 대청 왼편에 있는 접객실에 자리를 잡았다. 여진은
예야후에게서 최대한 멀리 떨어졌고 허일한은 언제든 뽑을

수 있게 검을 바로 곁에 두었다.

"어떻게 된 건지 설명해 줘야지."

허일한의 말에 설백천은 동아에게 일어난 변화를 얘기했다. 전후 사정을 모르는 사람은 이해하기 힘든 상황이었다. 그래서 꽤나 많은 질문이 던져졌고 설백천은 오랜 시간을 들여 자세하게 설명을 해야 했다.

근 이각의 대화 끝에 허일한이 비로소 이해했다는 표정으로 말했다.

"결국 동아가 널 사랑한다는 거네?"

직접적으로 들으니까 꽤 끔찍한 소리였다.

"야후의 감정이 전이된 거야."

"그러니까 동아가 널 사랑한다는 거잖아?"

"전이된 거라니까."

허일한이 동아에게 물었다.

"너 백천이 사랑하는 거 맞지?"

설백천에게 동아의 물음이 던져졌다.

"죽여도 돼?"

"나도 우리 약속을 잠시 잊고 싶다."

여진이 주위를 환기시켰다.

"중요한 얘기가 있잖아요? 제가 궁금한 건 동아가 황적심을 납치해 가지 않는다는 걸 어떻게 보장하느냐 하는 것이에요."

"좋은 지적이군."

허일한과 여진의 시선이 설백천에게 모아졌다.

"동아가 황적심을 납치하려고 하면 내가 황적심을 죽여 버릴 거야."

설백천의 아무렇지 않은 말에 두 사람뿐 아니라 동아도 놀랐다.

"그 극단적인 방법은 또 뭐냐?"

"황적심이 죽으면 동아는 영원히 야후를 떨쳐 버릴 수 없어. 지금은 나를 향한 감정뿐이지만 잠들어 있는 야후의 마음이 깨어날 수도 있지. 지금 동아에게 가장 필요한 사람이 바로 황적심이야."

여진이 물었다.

"소문주님의 바람대로 안 될 수도 있잖아요? 만약 황적심이 죽고 동아가 예 사고님을 영원히 잠재운다면 어떻게 하시려고요?"

설백천은 어깨를 으쓱했다.

"그래도 나를 향한 동아의 마음은 사라지지 않을 거야. 그건 야후와 상관없이 동아의 일부니까."

허일한이 인상을 잔뜩 썼다.

"그것으로 괜찮단 말이냐? 겉모습은 예 사고지만 결국 동아가 널 사랑하는 것인데?"

"야후가 아예 없는 것보다는 나으니까."

동아가 버럭 소리를 질렀다.

"그건 내가 싫어!"

"그게 싫으면 허튼짓하지 마. 우리 모두 완전한 야후를 원하는 것이니까."

"걱정 마. 내가 약속을 어기는 일은 없을 테니까."

설백천이 일어섰다.

"그럼 황적심에게 가볼까?"

여진이 앞장을 섰다.

"지하실에 있어요."

여진은 긴 복도가 끝나는 지점 벽 앞에서 멈췄다.

툭! 툭!

황토로 된 벽을 두드리자 벽 너머에서 딸깍 하는 소리가 들리더니 벽이 회전했다.

설백천이 물었다.

"곳곳에 비밀장소가 있던데 이런 곳을 쓸 일이 그리 많나?"

"실제로 활용하는 일은 거의 없지만 유비무환이잖아요? 거기에 이곳은 오랫동안 꽤나 잘 사용하고 있어요."

비밀 문을 열어준 자는 서른쯤 되어 보이는, 하얀 얼굴에 수염을 단정하게 기른 사내로 하오문도와 어울리지 않는 외모를 가지고 있었다.

여진이 사내를 소개시켰다.

"고전호(高全浩)라고 아마 하오문도 중에서 먹물을 가장 많이 먹은 사람일 거예요. 어머니가 창기라서 과거를 볼 수 없는 불행한 처지의 사람이죠."

고전호가 껄껄 웃었다.

"지하실 안에 사지 중 세 개가 잘리고 갇혀 있기까지 한 사람도 있는데, 그에 비하면 난 행운아지요."

"그거야 그자의 자업자득이고요."

지하실 안으로 들어가자 뜨거운 열기와 함께 묘한 냄새가 풍겼다. 지하실의 한쪽 벽을 가득 채운 나무 상자 안에서 나는 풀냄새였다.

그 외에도 지하실은 용도를 알 수 없는 갖가지 물건들로 가득했다.

설백천이 물었다.

"이것들이 다 뭐야?"

고전호가 대답했다.

"제 개인적으로 쓰는 연구실입니다. 하오문이 무공으로 이름을 떨치기에는 시간이 너무 오래 걸릴 것 같아서요."

"독을 연구하는 건가?"

"독도 독이지만 단숨에 내공을 증진시킬 수 있는 영약도 연구하는 중입니다."

"연구하는 중이라는 건 아직 완성되지는 않았다는 거네?"

"인간의 능력을 향상시키는 일은 언제나 위험을 동반하게 마련입니다. 그 위험을 없애는 게 가장 어렵지요."

허일한의 표정이 흥미로움으로 바뀌었다.

"만약 위험을 감수한다면 지금이라도 강해질 수 있나?"

고전호가 웃었다.

"감수하고 싶지 않을 겁니다. 원하신다면 저야 언제나 환영이지요. 허 추관님 정도면 더 이상 좋을 수 없는 실험체니까요."

목숨이 걸리지 않은 이상 실험체가 되고 싶은 사람은 없었다.

"나중에 필요하면 얘기하지. 험!"

지하실 열기의 원인인 불 앞에서, 솥 안에 막대기를 넣고 젓던 황적심이 지하실 입구 쪽으로 바퀴의자를 돌렸다.

"여기 아주 훌륭한 장소가… 흐억!"

예야후를 발견한 황적심이 숨넘어가는 소리를 토해냈다. 사색이 된 황적심은 바퀴의자를 뒤로 굴리며 소리쳤다.

"저… 저 소악마가 왜 여기 있는 거야!"

동아가 웃으면서 황적심에게 다가갔다.

"사부님. 그동안 옥체 일양 만강하였사옵니까?"

"가… 가까이 오지 마라!"

"예전에 절 패던 그 무서운 분은 어디 가시고 이리 초라한 늙은이가 되셨습니까?"

황적심은 주변을 둘러보며 도움을 청했다.

"서… 설마 날 저 녀석에게 넘기는 건 아니지?"

장난기가 발동한 허일한이 말했다.

"생각해 보니 우리가 널 위해 굳이 목숨을 걸 필요가 없겠더라고."

"그게 무슨 소리야! 나만이 예야후의 몸에서 동아의 정신을 빼낼 수 있어!"

"그게 양날의 검이더라고. 바꿔 생각하면 당신만이 예야후의 정신을 완전히 없앨 수도 있잖아?"

장난스런 말투로 질문을 던졌지만 모두 신경을 곤두세웠다. 짐작은 하지만 황적심에게 정말 그런 능력이 있는지는 알지 못하기 때문이다.

"날 동아에게 넘기면 정말 그런 일이 발생하게 될 것이다."

동아가 씨익 웃었다.

"내가 원하는 게 그것이거든요. 사부님."

동아는 바퀴의자의 팔걸이에 양손을 짚고 황적심의 안면 가까이 얼굴을 가져갔다.

"내 안에서 사고님의 잔재까지 완전히 없애고 싶어요."

"잔재… 라니?"

동아가 팔을 들어 바퀴의자를 내리쳤다.

꽈지직!

황적심은 의자와 함께 주저앉았다. 한쪽 팔로 바닥을 밀면서 물러나 보지만 등을 막은 벽은 고작 두 뼘밖에 떨어져 있지 않았다.

"이 안에 있는 사고님의 흔적을 아주 말끔하게, 하나도 남김없이 지우고 싶다 이 말입니다."

"이… 이해할 수 없구나. 네가 그토록 원하는 게 과연 무엇이냐?"

"무슨 소리야?"

"사고님의 껍데기냐? 원한 게 그것이냐?"

순간 동아는 멍한 표정이 되었다. 과거의 시간들이 와락 달려들어 내부를 휘젓고 있는 게 얼굴에 그대로 드러났다.

주춤 물러서는 동아를 향해 황적심이 말을 이었다.

"네가 가장 좋아했던 건 사고님의 그 미소가 아니었더냐?"

동아가 버럭 소리를 질렀다.

"내가 거울 보고 웃으면 돼! 사부는 그딴 것 신경 쓰지 말고 내 안에서 사고님 잔재나 없애!"

황적심을 놀리는 장난은 끝났다. 뒤늦게 계단을 모두 내려간 설백천이 말했다.

"그렇게 일방적으로 윽박지르면 안 되지."

황적심을 노려보던 동아는 성난 걸음으로 지하실을 나가 버렸다. 동아가 사라지자 안도의 한숨을 쉰 황적심이 물었다.

"대체 이게 무슨 난장판인가?"

"일종의 휴전이지."

"동아와 그게 가능하다는 말인가?"

"아주 불안한 휴전이야. 서로 원하는 게 전혀 달라. 한쪽이 원하는 걸 얻으면 다른 쪽은 모든 것을 잃는, 전부 아니면 전무의 싸움을 해야 해."

"알기 쉽게 설명해 주겠나?"

설백천은 황적심에게 '알기 쉽게' 설명을 했다. 하지만 전문가인 황적심조차 선뜻 이해하지 못하고 허일한이 했던 질문들을 던졌다.

일각의 시간이 흐른 후 황적심이 이해했다는 표정으로 고개를 끄덕였다.

"사고님께서 직접 자네와 연결시키는 술법을 거신 거로군. 흐흐흐… 어지간히 자네를 좋아했던 모양이네그려."

설백천이 황적심의 멱살을 잡고 들어올렸다.

"내가 원하는 게 무엇인지 알고 있겠지?"

"무… 물론이네."

"당장 야후의 몸속에서 동아를 빼내. 마지막으로 경고하는

데 저번 같은 허튼짓은 절대 통하지 않아."

이제까지 침묵으로 상황을 지켜보던 고전호가 입을 열었다.

"그 사람에게 딴마음이 있는지 어찌 알아보시려고요?"

설백천은 고개를 돌려 고전호를 봤다. 고전호가 손에 들고 있던 자기병을 바닥에 떨어뜨렸다. 하얀 자기병이 바닥에 부딪쳐 산산조각으로 부서졌다.

"무엇이든 위에서 아래로 떨어지게 되어 있지요. 아무리 가벼운 깃털도 결국 떨어집니다. 그것이 물체의 본성이지요."

"이놈이 결국 날 속일 거라는 얘기지?"

"속이지 않을 이유가 없으니까요."

황적심이 강하게 부정을 했다.

"아니야! 이번에는 절대 속일 생각 없어! 나도 목숨 아까운 줄 아는 놈이라고!"

고전호가 차게 비웃었다.

"뭔가 희망이 있으니 그 목숨이 아깝겠지. 현재 당신에게 남은 희망은 예 사고님뿐이잖아? 사지 중 세 개가 떨어진 당신에게 예야후란 희망이 없다면, 그때도 정말 목숨이 아까울까?"

"나… 난 그냥 살고 싶어."

대꾸를 하는 황적심의 목소리에는 힘이 없었다. 눈치 빠른 설백천은 고전호가 황적심의 정곡을 찔렀다는 걸 간파했다.

황적심을 내팽개친 설백천이 고전호에게 물었다.

"당신이 해결책을 가지고 있을 것 같은데?"

"저도 몇 년 전에 술법에 대해 관심을 가졌던 적이 있습니다. 인간이 강해질 수 있는 방법 중 하나니까요. 하지만 얻는 게 크면 클수록 잃는 것 또한 큰 것이 술법이더군요. 사술이 특히 그렇지요. 그래서 연구를 접었습니다."

"하지만 그때 얻은 지식은 고스란히 가지고 있겠지?"

"제 머리가 그래도 꽤 쓸 만합니다. 하지만 황적심의 술법을 따라잡기에는 아직 시간이 필요합니다."

"얼마나?"

"정확한 시간을 약속드릴 수가 없군요. 워낙 변수가 많은 분야라서."

"최대한."

"한 달입니다."

*　　　*　　　*

"뭐? 한 달을 기다려야 한다고?"

동아의 성난 눈이 황적심에게 향했다. 찻잔을 들려던 황적심은 깜짝 놀라서 손가락을 움츠렸다.

그런 황적심을 노려보던 동아가 설백천에게 물었다.

"무슨 꿍꿍이야?"

"나한테 물을 게 아니라 네 사부한테 물어야지. 한 달이라
는 기간은 네 사부가 필요하다고 한 시간이니까."

"사부님. 서귀미혼대법은 완벽하게 완성하셨을 텐데요?"

"무… 물론 서귀미혼대법은 그렇지. 하지만 지금 네 안에
는 전례 없는 일이 벌어지고 있지 않느냐? 서귀미혼대법과는
또 다르지. 그만큼 연구할 시간이 필요한 거다."

동아가 차가운 웃음을 머금었다.

"보나마나 무슨 수작을 부리고 있는 거겠지. 하지만 나한테
는 통하지 않아. 한 달 후면 그 사실을 똑똑히 알게 될 거야."

동아의 말이 끝나고 설백천이 대꾸를 하려는데 밖에서 목
소리가 들렸다.

"하오문 지부에서 사람이 왔습니다."

"제가 나가보겠습니다."

여진이 밖으로 나갔다가 일각이 되지 않아 돌아왔다.

"이상한 소식이 들어왔습니다."

"뭔데?"

"청산권문에서 소문주님을 대대적으로 찾고 있다고 합니
다."

"청산권문에서 날 찾는 게 이상할 건 없잖아?"

"그게 예 사고님의 행방까지 쫓고 있다고 합니다."

"야후하고 내가 함께 있다는 걸 아는 모양이지."

"소문주님을 찾기 위해서가 아니라 예 사고님에게 따로 목적이 있는 것 같다고 하는데요?"

설백천은 고개를 갸웃했다.

"청산권문이 야후에게 목적이 있다고? 청산권문과 내가 모르는 사연이 있느냐?"

질문을 받은 동아의 대답은 잠시의 사이를 두고 나왔다.

"내 기억에는 없어."

동아가 아닌 예야후였을 때도 설백천이 아는 한 청산권문과 원한을 맺을 일은 없었다. 모두 설백천과 연관되었던 것이고, 그 일로 청산권문이 예야후를 찾을 것 같지는 않았다.

"그래서 청산권문이 여기 있는 우리를 찾을 가능성이 있어?"

설백천의 물음에 여진은 긴 한숨을 쉬었다.

"소문주님도 아시다시피 하오문 내에서의 비밀은 이미 비밀이 아닙니다. 이곳에 소문주님이 계시다는 사실을 아는 사람이 열을 넘지 않습니다만 그 입이 열리지 않을 것이라는 보장을 할 수 없습니다."

허일한이 말했다.

"그럼 우린 장소를 옮기는 게 좋겠군."

"굳이 그럴 필요가 있을까?"

동아의 말에 여진이 대꾸했다.

"지금은 여기 지하실이 중요하니까요. 실험실을 위험에 처하게 하는 건 좋지 않아요."

이곳 지하실만 한 실험실을 다시 마련하려면 시간이 꽤 걸릴 테고 기다려야 하는 시간은 그만큼 늘어날 수밖에 없었다.

허일한이 말했다.

"하오문조차 모르는 곳으로 가야겠군."

하오문의 비호 아래 있으면서 하오문의 눈을 피해 다녀야 하는 우스운 상황이 되었다. 또한 그게 쉬운 일도 아니었다. 하오문의 눈은 천하에 산재되어 있기 때문이다.

"왜 도망치려고 해?"

모두 말을 한 동아에게 눈길을 모았다.

"청산권문에서 날 찾는다면 가줘야지. 어차피 싸워야 할 적 아니던가? 어차피 그저 기다려야 하는 한 달의 시간이 있으니 말이야."

허일한이 동아의 의견에 맞장구를 쳤다.

"좋은 생각이네."

설백천은 걱정스러운 기색으로 말했다.

"이 중요한 곳을 여진에게만 맡기고 간다는 게 불안하군."

"걱정 마세요. 내일 문주님께서 오시기로 했으니까요."

"도 사부가?"

"네. 유 사부님과 함께 오신다고 하더군요. 내일 만나고 출발하시면 되겠네요."

동아가 벌떡 일어섰다.

"긴 여정이야. 하루라도 빨리 출발해야지. 지금 당장 가자고."

설백천도 일어섰다.

"그래. 그 양반들 만나봐야 잔소리만 들을 테니까."

두 명의 의견이 그러하니 허일한 혼자 내일 가자고 할 수는 없었다. 그래서 그들은 불과 이각 후에 비밀 지부를 나서 청산권문으로 향했다.

다들 청산권문쯤은 어렵잖게 무너뜨릴 수 있다고 생각했다.

*　　　　*　　　　*

김이 모락모락 나던 용정차가 차갑게 식을 동안 침묵이 이어졌다. 머리까지 차갑게 식을 시간이었다.

이윽고 조운상이 낮은 음성을 뱉었다.

"네 생각은 어떠냐?"

"제 생각은 그쪽에 이미 말하고 온 것이나 마찬가지입니다. 결정은 형님이 내리셔야지요."

"술법으로 강해질 수 있다는 건 예야후가 이미 입증을 했으니 논외로 치고, 분명 우리가 잃는 것이 있을 것이다. 세상에 공짜란 없는 법이니까."

"목숨을 잃을 각오는 해야 한다고 하더군요."

조운상은 짐작했다는 듯 고개를 끄덕였다.

"몇 명 정도를 그 화금강인(火金剛人)으로 만들 수 있다고 하더냐?"

"열 명 정도라고 했습니다만 그보다 다섯 배의 인원이 더 필요하다고 하더군요."

"다섯 명 중에 네 명은 희생을 해야 한다는 뜻이군."

"수하들에게 희생만 강요하면 문제지만 만약 제대로 화금강인이 된다면 그들이 평생 무공을 익혀도 도달할 수 없는 경지에 이르게 될 것입니다. 무림인에게 그 이상 달콤한 열매가 어디 있겠습니까?"

"화금강인의 위력이 그 정도로 놀랍더냐?"

"인간의 능력으로 할 수 없는 것을 해내더군요. 더 놀라운 건 그저 보통 사람이었다는 겁니다. 만약 무림인이 화금강인이 된다면 그 위력은 배가 된다고 하더군요."

이마에 주름을 깊게 만든 조운상이 한참 생각하더니 입을 열었다.

"화금강인이 되는 기간은 어느 정도라고 하더냐?"

"사흘이면 충분하다고 합니다."

"그렇게 빨리?"

"실패하면 재가 되는 것도 빠르다고 하더군요."

깊은 한숨을 쉰 조운상이 신음처럼 말했다.

"지원자를 모집해라. 만약 쉰 명이 넘을 경우 우리 가족과 체질이 가장 비슷한 수하를 골라야 한다."

화금강인이 성공할 경우 그 혜택을 가장 많이 봐야 할 사람은 청산권문의 주인들이어야 한다.

"그리 준비해 놓겠습니다."

"조심해서 진행해라. 이 일로 우리가 수하들을 가볍게 여긴다는 인상을 줘서는 안 돼."

"그래야지요."

잠시 망설인 조운상이 물었다.

"그리고 여채환이 약속한 금액은 언제 오기로 했느냐?"

사실 이 일을 받아들인 큰 이유 중 하나가 여채환의 돈이었다. 청산권문에서 나라의 권리를 위임받아 관리를 하던 철광산 갱도가 무너져 버렸다.

그 때문에 백여 명의 사상자가 생기고 철을 캐는 데도 막대한 지장을 받고 있었다. 그 일을 해결하느라 청산권문의 자금

이 거의 바닥을 드러내 버렸다.

수하들의 월봉조차 주기 어려운 지경이 되었으니 여채환은 마치 하늘이 내려준 행운 같기도 했다.

"내일 배교와 함께 올 것입니다."

"시간이 촉박하구나. 문 당주를 불러서 일을 진행시켜라."

"제가 직접 하는 게 좋겠습니다."

"네가 어려운 역할을 맡아준다면 나야 고맙지."

"그럼 지금 바로 시작하겠습니다."

조명헌이 일어설 때 밖에서 곽인철의 목소리가 들렸다.

"문주님. 설백천에 관한 소식이 들어왔습니다."

"들어오너라."

곽인철이 들어오고 조명헌이 나갔다.

"어디에 숨어 있다고 하더냐?"

"숨어 있는 것이 아니라 우리 청산권문을 향해 오고 있는 듯합니다."

"뭐야?"

"예야후와 동행이랍니다."

조운상의 입에서 신음이 새나왔다. 설백천과 예야후의 관계를 종잡을 수가 없었다.

분명 처음에는 서로 죽이려고 발버둥을 치는 원수였다. 그런데 어느 순간 친구가 되더니, 들리는 소식에 의하면 또 적이 되었다가 이젠 함께 청산권문으로 오는 중이다.

그들이 함께 오는 이유야 한 가지밖에 없었다.

"본문이 생긴 이래 최대의 위기로구나."

내우외환이란 이런 것을 두고 하는 말이다. 이런 상황이니 여채환과 배교를 받아들이는 건 선택이 아니라 필수가 되어 버렸다.

"그들이 언제쯤 도착한다고 하더냐?"

"전서구가 도착한 시간까지 감안하면 열흘에서 하루 이틀 앞일 것입니다."

빠르면 여드레이니 준비할 시간은 있었다. 여채환과 배교에 청산권문의 운명을 걸어야 한다는 게 마음에 들지 않았다.

무형권을 얻기 위한 싸움이 이상한 방향으로 흘러서 이제는 본질마저 흐릿해져 버렸다.

"우리 청산권문에 많은 변화가 있을 것이다. 이 일만 제대로 된다면 능히 무림의 패주가 될 수 있을 것이야. 그러니 당주들이 수하들을 잘 단속해야 한다. 고통이 크면 얻는 열매 또한 달고 많을 테니까."

"명심하겠습니다."

*　　　*　　　*

유재영과 도선방은 설백천 일행을 따라 청산권문으로 향하는 중이었다. 당연히 기다릴 거라 생각한 설백천이 하루도 기다리지 않고 떠나 버렸다.

그저 얼굴만 볼 용건이면 굳이 뒤를 따르지 않을 것이다.

서두른 탓에 산에서 노숙을 하게 된 두 사람은 모닥불을 사이에 두고 앉아 있었다. 다행히 아침에 객잔을 떠날 때 사놓은 술이 남아서 사이좋게 잔을 기울였다.

"백천이가 배교의 존재를 알 리 없으니 청산권문을 너무 쉽게 볼 것입니다."

"그럴 것이야. 백천이의 소재를 파악해 알리라고 지시를 해놓기는 했지만 백천이나 예야후, 허일한 모두 배교에 대해 무지할 테니 대비하기가 쉽지 않을 거네."

"하오문에서 충분히 설명을 해주겠지요."

도선방은 단숨에 술을 마신 후 말했다.

"듣는 것과 느껴서 아는 것은 천지 차이네. 거기다 세 사람 모두 무림에서 손에 꼽히는 고수니 배교 아니라 배교 할아비라도 어려워할 리 없지."

"배교의 도움을 받는 청산권문이 정말 세 사람을 상하게 할 수 있다고 믿으십니까?"

"배교의 사술은 모산과 같은 문파와는 그 궤를 달리하네.

훨씬 악독하고 위험하지만 성공하면 그만큼 강해지지. 나라에서 배교를 적으로 규정한 건 그들의 힘이 커지는 걸 경계한 것이네. 그것만 봐도 배교의 사술이 얼마나 무서운지 짐작할 수 있지 않겠나?"

유재영이 걱정스러운 표정으로 물었다.

"예야후보다 강한 인간도 만들 수 있다는 겁니까?"

"예야후는 너무 특별한 존재라 아무리 배교라도 그 정도는 어렵겠지. 하지만 한 주먹이 열 주먹을 당할 수 없다는 말은 괜히 있는 게 아니야. 예야후에 버금가는 존재만 만든다고 해도 그들 셋이 감당하기에는 역부족이지."

"어서 따라잡아서 데려와야겠군요."

"그 고집쟁이들이 내 말을 들을지 몰라. 더구나 이번엔 피한다고 해결될 일도 아니고."

"관에 고변을 하는 건 어떻습니까? 어차피 배교는 나라에서 금한 단체 아닙니까?"

도선방은 고개를 저었다.

"아무리 급한 일이라도 어기면 안 되는 일이 있어. 무림인이 무림인을 적이라는 이유로 관에 고변을 하는 건 절대 해서는 안 될 일이야. 자네도 그건 알잖나?"

"하도 답답해서 생각난 대로 얘기해 본 것뿐입니다."

"무림의 금기 중의 금기를 깨면 이 세계에서 절대 살아남을 수 없어. 그러니 우리 힘으로 해결해야지."

유재영이 독백처럼 중얼거렸다.

"배교가 그저 지나가는 미풍이었으면 좋겠습니다."

第四十一章

강적

야수왕

서현과 명현 두 사제 도인은 여섯의 야귀를 데리고 길을 떠났다. 예야후의 종적을 찾았으니 모산파에 들어앉아 있을 수는 없었다.

　"사고님의 몸에 동아가 있는데 설백천과 동행한다는 건 심히 이상한 일 아닙니까?"

　마차에 야귀를 실어 졸지에 마부가 된 명현도인이 물었다. 대답하는 서현도인의 목소리는 마차 바퀴 구르는 소리에 묻혀 잘 들리지 않을 만큼 낮았다.

　"그 점이 괴이하기는 하나 나는 내 느낌을 믿네."

동아가 깨어나는 순간 눈으로 보는 것보다 확실하게 알 수 있었다. 둘이 함께 다니는 데는 뭔가 연유가 있을 것이다.

"어쨌든 사고님께서 모산파로 돌아오셔야 합니다."

현 모산파의 전부라고 할 수 있는 예야후가 문으로 돌아오지 않고 계속 밖으로만 돌고 있었다. 거기에 돌아가는 상황으로 보아 그녀가 모산파로 올 것 같지도 않았다.

이 소문이 무림에 퍼지는 날에는 애써 세워놓았던 모산파의 위상이 하루아침에 무너질 게 분명하다.

그러니 어떻게 해서든 예야후를 모산파로 불러들여야 한다. 말로 설득하면 좋겠지만 그게 안 된다면 예야후 안으로 들어가 동아와 한바탕 싸움을 하는 수밖에 없었다.

나름 만반의 준비를 해놓았다. 진인사대천명(盡人事待天命). 이제 하늘의 결정을 기다리는 일만 남았다.

"어째 곧 비가 올 것 같습니다."

하늘이 검게 내려앉아 있었다.

＊　　　＊　　　＊

설백천과 허일한은 배교에 대한 소식을 들었고, 그래서 유재영과 도선방을 만나고 싶었다.

하지만 동아의 고집 때문에 어쩔 수 없이 길을 재촉하는 중이었다. 동아는 배교 따위를 겁낸다고 오히려 그들을 비웃었다.

"만사불여튼튼이다. 조심해서 나쁠 건 없어."

허일한의 말에 동아가 코웃음을 쳤다.

"흥! 사고님보다 강한 인간이 있을 것 같아? 사고님은 전무후무한 분이야. 배교 따위를 두려워하는 건 수치스러운 거지."

"수치를 아는 놈이 남의 몸뚱이에 들어앉아 있는 것이냐?"

"그래서 내게 버릇이라도 가르쳐 주려고?"

산길 중간에서 멈춘 두 사람 사이에 설백천이 끼어들었다.

"이 문제는 더 이상 건드리지 않기로 하지. 나중에 해결될 일이니까. 이틀 후에 있을 청산권문과의 싸움에 집중할 때야."

먼저 몸을 돌려 걸음을 옮기던 동아가 우뚝 멈췄다. 몸짓도 그렇고 표정도 심상치 않았다.

"왜 그러냐?"

설백천의 물음에 동아가 고개를 저었다.

"몰라. 그냥 기분이 이상해."

"그럼 넌 계속 여기 있어라."

허일한이 동아를 앞서 빠른 걸음을 옮겼다. 동아는 주변을 살피다가 내키지 않는 표정으로 나아갔다. 계속 사방을 두리

번거리고 표정이 일그러진 것이 확실히 뭔가를 느끼고 있는 것 같았다.

"허 추관, 잠깐만."

설백천은 허일한을 멈추게 한 후 동아에게 갔다.

"무슨 기분이냐?"

"모르겠어. 마치 절대 오지 말아야 할 곳에 온 기분이야."

"어린애 기분 때문에 이러고 있는 거냐?"

"가만 있어봐."

동아의 표정을 보면 단지 기분이라고 치부할 게 아니었다. 더구나 특별한 존재라고 할 수 있는 동아이고 보면 원인을 알아볼 필요가 있었다.

"잠깐 근처 좀 둘러보고 올 테니까 여기 꼼짝 말고 있어."

설백천은 길을 벗어나 숲 속으로 들어갔다. 청산권문과 이틀 거리로 가까워졌다. 청산권문뿐이라면 기척만 살피면 되지만 배교가 끼어든 이상 동아의 느낌은 뭔가 다른 걸 알리는 것일 수도 있었다.

설백천은 그 막연한 '무엇' 을 찾아 주변을 뒤졌다. 길에서 벗어나 십 장쯤 숲을 헤친 설백천은 나무 위에서 이상한 걸 발견했다.

아름드리나무의 윗부분에 붙여진 노란 것은 언뜻 봐서 부적 같았고, 몸을 날려 손에 쥔 종이는 확실히 부적이었다.

그가 발견한 건 한 장이지만 유일한 부적을 운 좋게 발견했을 리는 없었다. 숲 곳곳에 부적이 붙어 있을 테고 동아가 느끼는 이상한 기분의 원인일 가능성이 높았다.

'청산권문과 배교가 우릴 기다리고 있었군.'

함정이다. 설백천 일행의 전력은 이미 노출된 상태에서 판 함정이라면 세 사람이 아무리 강해도 안심할 수 없었다.

설백천은 다시 길로 돌아가기 위해 몸을 돌렸다. 그때 이 장 앞에서 기척을 느꼈다.

후두둑!

사내 셋은 땅 속에서 나타났다. 온몸에서 흙을 떨어뜨리며 일어선 사내들은 어디에 있어도 눈에 띄는 외모를 가지고 있었다.

온통 붉은 피부에 머리털과 눈썹까지 없는 외모는 확실히 특별했다. 배교의 작품일 것이다.

왼쪽에서 들린 새로운 인기척에 설백천은 고개를 돌렸다. 나무 사이에서 조명헌의 모습이 드러났다. 뒷짐을 진 품이 무척이나 여유로워 보였다.

"오랜만이군."

"그러게. 영감 명도 꽤 기네."

"확실히 내 명이 네 명보다 길겠구나."

설백천은 턱으로 사내들을 가리켰다.

"저 대머리들을 믿는 거야?"

조명헌은 주변을 둘러보며 말했다.

"낙엽도 수북하고, 잘 타겠구나."

무슨 말인지 알 수 없었다. 어쨌든 설백천을 누구보다 잘 아는 조명헌이 저러는 것을 보면 자신이 있다는 뜻이다.

물론 설백천도 자신 있었다. 예야후만 아니면 세상 누구도 그를 꺾을 수 없었다.

"저 셋만 온 건 아니겠지?"

"허일한인가 하는 전직 추관에게는 두 명이면 충분할 것 같더구나."

"야후는?"

조명헌의 입가에 웃음이 그려졌다.

"이곳에서 그녀는 절대 힘을 쓰지 못한다."

사방에 붙여놓은 부적과 관계가 있는 게 분명하다. 예야후의 힘을 못 쓰게 할 정도면 배교의 능력이 하오문의 경고대로 뛰어나다는 의미다.

즉, 저 대머리 사내들을 상대로 절대 방심해서는 안 된다는 뜻이기도 하다.

"배교의 힘까지 빌리는 걸 보면 굳이 내가 없애지 않아도 곧 스스로 무너지겠군."

"닥쳐라! 우리 청산권문이 무림을 평정하는 걸 넌 저승에

서나 보게 될 것이다!'

소리를 지른 조명헌이 사내들을 향해 고갯짓을 했다. 그러자 세 사내가 수북하게 쌓인 낙엽을 밟으며 설백천을 향해 다가왔다.

술법으로 만들어진 자들이라면 야귀와 같은 부류일 것이다. 야귀 정도야 셋이 아니라 열이라도 문제없었다. 하지만 설백천을 잘 아는 조명헌이 자신하고 있으니 야귀보다 훨씬 강할 것이다.

설백천은 가까워지는 사내들을 향해 걸음을 옮겼다. 배교에 의해 만들어진 괴물 따위에게 기세에서 밀린다는 건 자존심이 용납하지 않았다.

그들과의 거리가 이 장 안쪽으로 가까워졌을 때다.

화르륵—!

갑자기 사내들 몸에서 불이 붙었다. 그 불은 입고 있는 옷은 물론이고 발에 걸리는 낙엽까지 태워 버렸다. 세 사내의 주변은 순식간에 불길에 휩싸였다.

절로 주춤하는데 세 사내가 설백천을 향해 몸을 날렸다. 훅 밀려드는 열기는 단순한 불길의 그것과는 차원이 달랐다. 붉은 쇳물이 밀려드는 것 같은 사나운 화기였다.

설백천은 왼쪽으로 움직였다. 일단 포위당하는 건 면해야 한다. 전신을 내공으로 보호했지만 옷이 타는 것만은 막을 수 없었다.

옷 곳곳이 그을리며 맨살이 드러났다. 괴상한 화기를 뿜어내지만 무공은 설백천에게 미치지 못했다.

가장 왼쪽 사내의 옆으로 돌아가 주먹을 날렸다. 뜨거움이 느껴졌지만 참을 만했다.

퍽!

얼굴에 공격을 적중시킨 설백천은 뜨거움에 너무 놀라 훌쩍 물러섰다.

불에 잔뜩 달궈진 쇠를 두드려도 이처럼 뜨겁지는 않을 것이다. 쇳물에 손을 담근 느낌이었고, 설백천의 주먹에 맞은 사내는 풀썩 쓰러졌다가 다시 일어섰다.

불길이 점점 사방으로 번지기 시작했다. 저들은 산불 따위는 안중에도 없는 것 같았다.

뜨거운 불길과 자욱한 연기를 품은 사내들이 설백천을 향해 달려왔다.

퍽! 퍽!

그들에게 부딪친 나무는 순식간에 불길에 휩싸이며 사방으로 비산했다. 야귀만 해도 만들어진 인간으로서는 놀라운데 저 세 사내는 야귀와 비할 바가 아니었다.

배교에 대한 도선방의 경고가 실감나는 순간이었다.

"네 무형권이 아무리 대단해도 화금강인에게는 무용지물

이다!"

불길 저 너머에서 조명헌의 목소리가 들렸다. 달려드는 화금강인을 피해 물러서는 게 설백천이 할 수 있는 전부였다.

불길은 단숨에 사방으로 퍼졌고 자욱한 연기는 한 자 앞도 제대로 볼 수 없을 정도로 자욱해졌다. 이제 기척으로만 화금강인을 찾아야만 한다.

그러나 나무를 태우는 불길 소리가 너무 커서 기척을 느끼기가 쉽지 않았다.

일단 불길을 피해 움직이는데 뒤에서 열기가 훅 밀려왔다. 재빨리 돌아선 설백천을 향해 화금강인이 온몸으로 덮쳐들었다.

설백천은 황급히 우측으로 몸을 날렸다. 부딪쳐 봐야 피해를 보는 건 설백천뿐이다. 바로 곁을 스쳐가는 열기 때문에 머리칼이 먼지처럼 우수수 부서졌다.

곁을 스친 화금강인은 짙은 연기 속으로 자취를 감췄다. 저들이 전장을 숲 속으로 선택한 이유가 있었다.

이제 불길은 사방에서 타올랐다. 설백천이 이곳을 벗어나려면 불길을 뚫고 가는 수밖에 없었다.

어쨌든 먼저 화염 속에서 빠져나가야 한다. 화금강인의 기척을 살필 사이도 없이 설백천은 동아와 허일한이 있는 쪽을 향해 몸을 날렸다.

화금강인의 위력이라면 허일한은 고전하고 있을 테고, 정말 궁금한 건 동아였다.

'무슨 일이 생기지는 않았겠지?'

내면은 동아지만 몸이 상하면 예야후가 피해를 입는 것이다.

파드드득—!

요란한 소리와 함께 불을 품은 나무가 설백천을 향해 쓰러졌다. 앞으로 훌쩍 몸을 날리는데 왼쪽에서 화기가 덮쳐왔다.

화금강인의 열기는 특별히 뜨거워서 그 존재를 금세 알 수 있었다. 허공에 뜬 상태이니 나는 재주가 없는 이상 피할 수는 없었다.

설백천은 온몸으로 덮쳐오는 화금강인의 머리를 발로 걸어찼다. 뜨거움과 함께 바짓단에 불이 붙었다. 연기 사이로 사라지는 화금강인을 쫓아갈 엄두도 내지 못한 채 바짓단의 불부터 껐다.

호흡을 조절해서 연기가 내부를 뒤집는 걸 막았었는데, 갑작스런 움직임이 호흡을 흐트러뜨렸다.

"콜록! 콜록!"

잔기침을 토해낸 설백천은 억지로 호흡을 조절하며 불길 속으로 뛰어들었다.

여기저기 그을린 옷에는 불이 붙고 머리칼이며 눈썹까지

부스러졌다. 이 화염 속에서 화금강인과 싸우는 건 너무 불리했다.

그런 상황이니 유리한 화금강인이 쉽게 빠져나가게 할 리 없었다. 양쪽에서 특유의 열기가 훅 밀려왔다. 땅으로 뚝 떨어진 설백천은 땅을 굴렀다.

쿵!

머리 위에서 화금강인이 서로 부딪치며 열기를 뿜어냈다. 설백천은 뒤도 돌아보지 않고 앞으로 내달렸다.

웬만한 불길은 무시했다. 열기에 피부가 벗겨지는 것 같은 고통이 찾아왔지만 화금강인에게 뒤를 잡히는 것은 고통보다 피해야 할 일이다.

머리 위로 화염을 가득 품은 나무가 쓰러졌지만 팔로 쳐내고 내달렸다. 불꽃이 우박처럼 후두둑 떨어졌다.

맞바람을 맞으며 달린 설백천은 어느 순간 불길과 연기에서 동시에 벗어났다. 후덥지근할 대기조차 여름의 청량함을 품은 시원한 바람처럼 느껴졌다.

바람을 등지고 화금강인과 싸우면 될 것도 같았다. 때리는 손발에 입는 화상은 감수할 수 있었다. 하지만 그는 동아와 허일한이 있는 쪽으로 내달렸다. 지금은 화금강인과 싸우는 것보다 그들의 안위가 더 중요했다.

불과 몇 발짝을 옮겼을 뿐인데 연기가 밀려왔다. 허일한과 동아도 화금강인의 공격을 받고 있다는 뜻이다.

설백천은 경공을 최고의 속도로 끌어 올렸다. 곧 자욱한 연기가 시야를 네 자 안쪽까지 좁혀놓았다.

숲을 벗어나 길로 들어서자 건너편 숲이 불길에 휩싸인 게 보였다. 산이 타면서 내지르는 비명 때문에 동아와 허일한의 기척을 찾을 수가 없었다.

"아아악—!"

여자의 비명이다. 한 번도 예야후의 비명을 들은 적은 없지만 그녀가 토해내는 소리라는 건 분명했다.

설백천은 예야후의 비명이 들린 불길 속으로 뛰어들었다. 그녀의 목소리는 계속해서 들렸다. 고통에 찬 그 비명이 비록 동아가 당하고 있을 아픔이지만 설백천의 가슴을 아리게 했다.

불길 속을 헤집느라 설백천의 옷은 모두 타버렸고 전신은 벌겋게 물들었다. 조금 있으면 물집이 생기는 깊은 화상으로 변할 것이다.

그럼에도 설백천은 불길 밖으로 나갈 생각을 하지 않았다. 어떻게든 예야후를 구해야 한다. 지금 이 순간만큼은 안에 누가 들어 있든 그녀는 예야후다.

"야후야! 야후야!"

갑자기 비명 소리가 끊겨서 설백천은 예야후를 외쳤다. 화금강인에게 그가 있는 곳을 알려주는 꼴이었지만 지금은 그걸 신경 쓸 겨를이 없었다.

다시 예야후의 비명이 들렸다. 얼마 떨어지지 않은 곳이었다. 언뜻 허일한의 안위도 궁금했지만 지금은 예야후가 먼저였다.

화드득! 화드득!

절정에 달한 불길은 수만 개의 바늘로 피부를 찌르는 것 같은 따가움마저 느끼게 했다.

십 장이나 높게 치솟은 불길 속으로 뛰어든 설백천은 너무 거세게 타올라 연기조차 뿜어내지 않는 불길 한가운데서 예야후를 발견했다.

그녀는 불 속에서 잔뜩 웅크린 채 머리를 감싸고 있었다. 고통에 찬 비명을 터트리면서도 그 자세를 풀려 하지 않았다.

"야후야!"

설백천은 예야후를 부르며 불길을 헤쳐 나갔다. 아무리 내공을 끌어 올려도 이 거센 불길 속에서 온전할 수는 없었다.

기어코 붉은 피부에 기포가 생기기 시작하며 극심한 통증으로 이어졌다. 설백천은 터지려는 신음을 애써 참으며 예야후에게 다가갔다.

옷은 이미 타고 그녀의 피부도 붉게 물들기 시작했다. 아무리 단단한 몸뚱이라도 거센 불길 속에서 계속 무사할 수는 없었다.

설백천은 예야후를 끌어안았다.

"정신 차려!"

"머… 머리가 너무 아파!"

뜨거움도 못 느낄 정도면 머리의 고통이 어느 정도인지 짐작조차 가지 않았다.

설백천은 예야후를 안아 들었다. 설백천 품에서도 예야후는 잔뜩 웅크린 자세를 풀지 않았다. 이상했다. 부적 때문이라면 이 불 속에서 모두 타버렸을 것이다.

그러니 부적 외에 또 다른 어떤 것이 있는 게 분명했다. 그게 무엇이든 일단 이 불 속을 빠져나간 후에 해결할 일이다.

하지만 설백천은 고작 오 장을 도약하고 여전히 사방이 불로 싸인 곳에서 걸음을 멈춰야 했다. 세 명의 화금강인이 앞을 막은 것이다.

모락모락 나던 연기는 삽시간에 산 한곳을 점령해 버렸다. 누군가 일부러 불을 지르지 않는 이상 저처럼 빨리 불이 번질 리가 없었다.

"이상하군요."

유재영의 말에 도선방도 수긍하는 고갯짓을 했다.

"그러게. 가는 길이니 서두르도록 하지."

그들은 말 옆구리를 차서 속도를 높였다.

작은 고개를 넘어가자 연기가 그들 있는 곳까지 밀려왔다. 불길은 나무에 기름은 끼얹은 것처럼 빠르게 번지고 있었다.

두 마리의 말은 열기 때문에 자꾸 뒷걸음질을 치려 했다. 이처럼 우거진 숲 속에서의 불은 말만 두려워하는 게 아니라 무림의 고수에게도 위험하다.

바람의 방향을 조금이라도 잘못 읽을 경우 불길에 갇힐 수도 있었다. 저기에 특별한 일이 있다면 위험을 무릅쓰고 가겠지만, 혹시나 하는 마음에 가는 길이다.

단지 불길이 이상하다는 이유만으로 위험을 택하는 건 어리석은 행동이다.

"계속 갈 필요가 있을까요?"

붉게 일렁이는 화염과 메케한 연기는 내딛는 걸음을 망설이게 만들었다.

"백천이와 예야후가 앞서 간 길이네. 이상한 일이 생기면 확인을 해봐야지."

"그렇긴 하지만 너무 위험하군요."

도선방은 타오르는 불길을 보며 고개를 끄덕였다.

"저 불길 속에 갇히면 자칫 죽을 수도 있으니까."

확실치 않은 것에 목숨을 걸 만큼 그들은 무모하지도, 경험이 일천하지도 않았다.

망설이던 도선방이 몸을 돌렸다.

"우성현(宇星縣) 쪽으로 우회하세."

그들은 말머리를 돌려 왔던 길을 가다가 우측 소로로 접어들었다. 불길이 더 번지기 전에 산을 내려가야 하기 때문에 속도를 냈다.

소로를 불과 십 장쯤 달렸을까? 갑자기 양쪽 숲에서 사람들이 튀어나왔다.

"멈춰라!"

두 사람은 황급히 말고삐를 잡아당겼다. 앞발을 쳐들며 몸부림치는 말을 진정시킨 유재영은 나타난 사내들이 누군지 단번에 알아봤다.

물론 그들을 막은 여덟 명의 사내도 유재영을 알았다.

"유… 당주?"

청산권문의 문도들이다. 좌측의 구레나룻을 기른 서른 중반의 사내는 유재영과 친하게 지내던 선임조장 황백단(黃白端)이었다.

"이곳에서 유 당주를 만나게 될 줄은 몰랐구려."

"이 산속에서 청산권문이 뭘 하고 있는 것인가?"

"그건 죄인인 유 당주가 알 필요 없소. 내 오늘은 유 당주를 못 본 것으로 할 테니 당장 돌아가시오."

아무리 친했다고 해도 황백단이 저런 호의를 베풀 리가 없었다. 이곳에서 청산권문이 일을 꾸미고 있는 게 분명하고 배교 또한 한배를 탔을 것이다.

"배교의 사술에 놀아나는 청산권문이라. 내가 있을 때와는 많이 달라졌군."

"무형권을 훔쳐 달아난 사람이 청산권문에 대해 왈가왈부할 자격이 있소! 썩 꺼지시오!"

도선방이 앞으로 나섰다.

"청산권문과 배교가 여기 있다는 건 내 제자도 있다는 뜻이니 그냥 돌아갈 수는 없지."

황백단의 안색이 굳어졌다. 도선방을 직접 만난 적은 없겠지만 유재영과 동행하고 있으니 누군지 눈치는 챘을 것이다.

"정녕 하오문이 청산권문과 원수가 되겠다는 말이오?"

"그건 자네 말이 틀리지. 우린 이미 원수니까."

말에서 내린 도선방이 황백단을 향해 다가갔다.

"온 산이 불바다이고 보면 아무래도 시간을 절약하는 편이 좋겠군."

유재영도 따라 말에서 내리는데 발이 땅에 닿자마자 도선방이 몸을 날렸다.

청산권문의 당주가 여덟도 아니고 조장과 평무사뿐이다. 그러니 도선방의 손에서 오래 버틸 리 만무했다.

몇 번의 타격음 뒤로 서 있는 사람은 도선방과 유재영밖에 없었다.

도선방은 신음을 흘리고 있는 무사 한 명에게 다가가 부러진 다리를 지그시 밟았다.

"으아악—!"

"배교는 어디 있느냐?"

무사는 그들이 가려던 길을 덜덜 떨리는 손으로 가리켰다.

"저… 저쪽으로 십 장 정도 가면 우측으로 빠… 빠지는 길이 있습니다. 그 길로 쭈… 쭉 가면 배… 배교 사… 사람들이 이……."

도선방의 지팡이가 사내의 턱을 쳤다. 들을 말은 모두 들었으니 촌각이라도 아껴야 한다.

그들은 말을 타는 대신 경공으로 문도가 알려준 길을 따라 달렸다. 저 불길 안에 설백천 일행이 갇히지 않았기를 바랐지만, 아마 그들의 불길한 예감은 틀리지 않을 것이다.

사건이 어떻게 벌어지는지 알기 위해서는 배교의 도사들을 찾는 게 가장 빠르다.

문도가 알려준 우측으로 빠지는 길은 원래 있는 길이 아니었다. 하루 이틀 사이에 잡초와 나뭇가지를 쳐내서 사람 하나가 겨우 지날 정도의 공간을 내놨을 뿐이다.

급한 비탈을 오르내리며 삼십 장쯤 전진하자 바위 지대가 나왔다. 잡초 한 포기 자라지 않은 바위 지대는 땅보다 오 장은 높이 솟아 있었다.

거세게 타오르는 불길은 멀리 떨어진 이곳까지 열기를 뿜어내고 있었다. 그들은 바위를 타고 위로 올라갔다.

단숨에 정상에 다다른 두 사람은 주춤 걸음을 멈췄다. 뭔가 발견하기를 바랐지만 이처럼 갑자기 눈앞에 나타날지는 몰랐다.

붉은색 옷을 입은 자가 넷이었고 청산권문의 문도 열두 명이 있었다.

"다… 당신들이 어찌 이곳에……?"

놀랍다는 얼굴로 말을 더듬는 사람은 조명헌이었다.

"이렇게 큰 불이 났는데 안 들릴 수가 있어야지."

천연덕스럽게 대꾸한 도선방은 배교의 도사들로 보이는 붉은색 옷을 입은 자들을 봤다.

그들은 노란 종이에 붉은 글씨가 쓰인 부적이 덕지덕지 붙은 허수아비를 향해 계속해서 주문을 외우고 있었다.

"뭔지 모르지만 못된 짓을 하고 있는 것만은 분명해 보이는군."

"당신이 상관할 일이 아니오."

"내가 원래 오지랖이 넓은 사람이라 상관해야겠네."

조명헌은 뒤를 힐끗 봤다. 초조한 표정이다. 주문을 외우는 도사들의 음성도 악을 쓰는 것처럼 높아져 있었다. 뭔가

절정을 향해 치닫고 있는 듯한 느낌이었다.

분위기로 보아 그들이 빨리 움직여야 할 것 같았다. 눈치로는 세상에서 둘째라면 서러워할 도선방이 먼저 움직였다.

"당장 멈춰라!"

도선방의 앞을 조명헌이 막았다.

"섣불리 움직이지 마시오!"

둘 다 상대가 절대 듣지 않을 쓸데없는 외침이었다. 조명헌에 비해 도선방의 무공이 높긴 하지만 순식간에 제압할 수는 없었다.

그래서 도사들을 멈추게 하는 건 유재영의 몫이 되었다. 열두 명의 청산권문 문도 중에는 두 명의 조장이 섞여 있었다.

유재영이 청산권문을 떠날 때에도 조장 된 지가 제법 된 자들이니 지금쯤 당주 후보인 선임조장 자리에 올랐을 것이다.

성씨가 조와 백이라는 것만 기억나는 두 조장이 손짓을 하자 문도들이 유재영을 포위했다.

유재영은 정면에 선 두 조장을 향해 나직하게 말했다.

"한솥밥을 먹었던 적이 있지만 지금은 옛정을 생각할 때가 아닌 것 같군."

그들이 뭐라고 대꾸하기도 전에 유재영이 몸을 날렸다. 유영권이란 별호로 무림을 종횡할 때도 조장 두 명 정도는 상대가 되지 않았고, 무형권을 꾸준히 연마한 지금에는 말할 필요도 없었다.

뻗어오는 주먹을 잡아 돌리면서 우측 다리는 백 조장의 다리를 걸었다.

백 조장은 훌쩍 뛰어서 유재영의 공격을 피했지만 조 조장은 팔목을 잡히는 걸 피하지 못했다.

중심을 낮추며 팔을 크게 흔들자 팔목을 잡힌 조 조장이 유재영의 머리 위를 넘어가 백 조장을 덮쳤다.

공중에 뜬 상태에서 동료의 몸이 떨어지자 백 조장은 양손을 들어 받으려고 했다. 유재영은 손을 놓고 어깨로 백 조장을 덮쳤다.

깜짝 놀라 한손으로 유재영을 막으려 했지만 불안한 자세로 감당할 수 있는 위력이 아니었다.

우둑!

유재영의 어깨와 부딪친 손목이 부러지고 백 조장과 조 조장은 한 몸이 되어 바닥을 뒹굴었다.

청산권문의 문도들이 달려들었으나 유재영은 팔다리 몇 번 떨치는 것으로 그들을 날려 보내고 도사들을 향해 달려갔다.

세 도사가 품(品) 자 형으로 서 있고 그 중앙에 검은 수염을 기른 도사가 앉아 있었다. 허수아비는 그 도사의 불과 한 자 앞에 자리했다.

유재영은 크게 도약해서 가운데 앉은 도사의 머리 위로 떨어졌다.

텅!

원래 목표했던 도사의 머리보다 훨씬 못 미친, 바닥에서 여덟 자 높이에서 뭔가에 걸렸다. 그래서 하마터면 다리에 부상을 입을 뻔했다.

유재영은 허공에서 주르륵 미끄러져 바닥에 내려섰다. 보이지 않는 타원형의 막이 도사들을 에워싸고 있었다. 손을 가져다 대자 단단한 무언가가 만져졌지만 아무리 안력을 모아도 실체는 보이지 않았다.

유재영은 술법으로 만들어진 게 분명한 투명막을 향해 주먹을 내질렀다. 텅! 하는 소리만 뱉어낼 뿐 막은 여전히 유재영을 가로막고 있었다.

뒤에서 부상을 입은 두 조장과 문도들이 유재영을 향해 달려들었다. 유재영은 그들을 잡아 투명막으로 던졌다.

투명막에 부딪친 자들이 비명과 함께 튕겨 나왔다. 여덟 명이 부딪쳐 깨지며 흘린 피가 막을 타고 붉게 흘러내렸다.

"크윽!"

막을 향해 주먹을 내지르려다 뒤에서 들린 낮은 비명에 고개를 돌렸다. 조명헌이 입에서 피를 흘리며 물러서는 게 보였다.

승기를 잡은 도선방은 쉬지 않고 조명헌을 몰아붙였다. 보아하니 저 싸움은 걱정하지 않아도 될 것 같았다.

그래서 유재영은 투명막을 향해 계속 주먹을 내질렀다. 안에서 주문을 외우는 소리가 똑똑히 들리는 단단한 막은 그래서 더 이상했다.

"컥!"

뒤에서 들린 급한 비명에 유재영은 다시 고개를 돌렸다. 많은 경험으로 이런 종류의 비명은 생의 마지막을 알릴 때 내는 소리였다.

조명헌이 목에 구멍이 뚫려 피를 뿜으며 쓰러지고 있었다. 빨리 끝내야 하는 싸움이었기에 도선방도 무리를 한 듯 왼쪽 뺨이 부어 있었다.

"문주님!"

조명헌을 내려다보고 있던 도선방이 고개를 돌렸다.

"왜 그러고 있나? 도사들 머리를 박살 내야지."

유재영은 주먹을 휘둘렀다. 둔탁한 소리와 함께 허공에서 튀어나오는 주먹을 보며 도선방은 의외라는 표정을 지었다.

"요상한 술법이로군."

"무력으로 깨기가 힘들 것 같습니다."

도선방은 투명막 주변을 한 바퀴 빙 돌아본 후 고개를 저었다.

"자네나 나나 술법에는 문외한이니 힘으로 해결하는 수밖에."

가는 한숨을 쉰 유재영은 팔을 걷어붙였다.

"이 투명한 막하고 제 주먹하고 어떤 게 더 강한지 시험해 봐야겠군요."

화르르륵!

설백천의 몸에 밀린 화염이 몸부림을 치면서 섬뜩한 소리를 토해냈다. 설백천의 눈썹과 머리털은 거의 타버리고 물집은 터져서 갈라지기 시작했다.

온몸을 점령한 고통을 참으려 꽉 다문 이빨이 금방이라도 부서질 것 같았다.

세상은 온통 붉고 노란 불꽃에 살은 타들어간다. 혼미해진 정신은 이제 화염과 화금강인조차 제대로 구분하기 힘들었다.

예야후를 안은 설백천은 그저 본능적으로 움직일 뿐이었다. 그가 가는 방향이 불길을 벗어나는 것인지, 더 깊은 뜨거움으로 가는 것인지조차 알지 못했다.

그럼에도 예야후는 품에서 놓지 않았다. 둘의 살이 짓물러 이미 한 몸이 된 것 같기도 했다.

설백천은 무작정 달렸다. 그의 머리와 몸은 오직 달리는 데만 집중을 했다.

이 지옥불 속에서 빠져나갈 수 있기를 간절히 바랐지만 노랗게 일렁이는 불길은 한데 엉킨 두 남녀를 놓아주지 않았다.

마치 허공을 딛는 것처럼 다리의 놀림도 부자연스럽게 느껴졌다. 허위허위 달려가던 설백천은 기어코 불에도 타지 않는 무언가에 걸려 넘어졌다.

세상이 뒤집어지는 것 같은 그 순간에도 예야후가 다칠까봐 몸을 돌려서 등부터 떨어졌다.

몸이 땅에 닿아도 별다른 느낌이 들지 않았다. 이젠 고통을 느끼는 감각기관조차 불에 타버린 것 같았다.

몸을 뒤집어 다시 일어섰다. 그 간단한 동작조차 힘들었다. 어떻게 일어섰는지, 아직도 그들이 불길 속에 있는지조차 인지하지 못했다.

하지만 한 가지는 알 수 있었다. 이 장 앞에 화금강인이 있었다. 그리고 좌측에도 우측에도 화금강인이 존재했다.

예야후를 안은 설백천은 완전히 포위됐다. 만신창이가 된 지금은 화금강인보다 빠를 수 없었다. 저들의 손에 잡히는 순간, 이 산불의 가장 뜨거운 곳보다 열 배는 더 강한 열기에 몸이 녹아버릴 것이다.

'한 줌 재로 돌아가는 건가?'

예야후와 함께라는 게 유일한 위안이었다. 다만 죽음의 순간에 그녀의 눈으로 자신을 보지 못하는 게 안타까울 뿐이었다.

화금강인이 설백천을 향해 다가왔다. 설백천은 예야후를 더욱 세게 끌어안았다. 그의 인생에 이처럼 완벽한 절망을 경험한 적은 없었다.

악인도에서 남자아이로 태어나 그 오랜 세월 동안 숱한 죽음의 고비를 넘겼건만, 당시의 어려움은 진흙탕에 발이 빠진 정도밖에 되지 않았다.

화염의 한가운데 선 지금은 사신(死神)이 그와 예야후의 몸에 망토를 덮고 있었다. 너무 뜨겁고 꽉 끼는 망토는 설백천의 힘으로는 도저히 벗겨낼 수가 없었다.

세 명의 화금강인은 설백천의 고통을 즐기는 것처럼 느리게 다가왔다.

설백천은 사신의 망토가 더욱 단단하게 옥죄는 것을 지켜보고만 있었다. 화금강인들이 세 방향에서 가까워지자 새로운 뜨거움이 느껴지는 것 같았다.

설백천은 처음으로 누군가가 두려워졌다. 화금강인들은 죽음 그 자체였고 설백천은 살아 있는 것들이 가질 수밖에 없는 본능적인 공포, 죽음을 무서워하는 것이다.

품에서 예야후가 꿈틀거렸다. 그녀 또한 죽음에 대한 두려움을 느끼고 있는 것이라 생각했다. 위로의 말을 해주고 싶었지만 목구멍까지 타버린 것처럼 말이 나오지 않았다.

예야후의 움직임이 갈수록 커졌다. 그래서 품에 안은 예야후를 내려다봤다. 잔뜩 웅크리고 있던 그녀는 설백천의 보호 때문이기도 하지만, 원래 초인적인 육체를 지니고 있어서 머리카락이 조금 그을리고 피부가 지나치게 붉어졌을 뿐이다.

설백천의 품에서 머리를 잡고 잔뜩 웅크리고만 있던 그녀가 몸을 펴며 있었다.

"내려줘."

불길을 모두 얼려 버릴 것 같은 서늘한 목소리다.

퍽!

도선방의 지팡이에 의해 마지막 도사의 머리가 깨졌다.

"헉! 헉!"

주춤주춤 물러선 도선방은 사방에 뿌려진 피를 피해 철퍼덕 주저앉았다.

거칠게 헐떡이는 그는 땀을 비 오듯 흘렸고 찢어진 손아귀에서는 피가 떨어지고 있었다. 손바닥이 찢어지는 대가로 투명막을 깨고 도사들을 죽였으니 손해 보는 장사는 아니었다.

물론 도사들을 죽임으로써 어떤 결과가 나올지 지금은 알수 없었다. 다만 그들이 할 수 있는 최선을 했을 따름이다.

"이젠… 뭘 하죠?"

유재영이 숨을 헐떡이며 도선방의 곁에 앉았다. 피투성이
가 된 유재영의 주먹은 피 사이로 언뜻 하얀 뼈가 보였다. 술
법이 아무리 강해도 인간의 의지만큼 강하지는 못하다.

도선방은 불타는 숲을 보며 말했다.

"저기 어느 곳에 백천이 일행이 있을 거야."

바라지는 않지만 도선방의 예상은 틀리지 않을 것이다.

"저 안으로 들어갈 수 있겠나?"

유재영의 눈동자에 숲의 불길이 투영되었다.

"섶을 지고 불로 뛰어든다는 말이 실감나는 순간이군요.
아무리 백천이를 구하고 싶어도 저 속으로 뛰어드는 건 자살
행위입니다."

"그렇지. 그러니 어쩌겠나? 기다려 봐야지."

쾅!

예야후의 주먹에 맞은 화금강인은 멀리 불길 속으로 날아
갔다. 설백천은 깜짝 놀랄 정도로 뜨거웠는데 예야후는 화금
강인을 때리고도 아무렇지 않은 표정이었다.

무섭게 달려드는 두 명의 화금강인까지 저 멀리 날려 버린
예야후는 설백천을 안고 달리기 시작했다.

붉은 세상이 놀랍도록 빠른 속도로 밀려났다. 예야후는 자
신이 가야 할 곳을 정확히 아는 것처럼 움직였다.

"조금만 참아!"

다급하게 말하는 그녀의 목소리에는 설백천에 대한 걱정으로 가득했다. 그녀 안에 동아가 아닌 예야후가 있는 것 같았다. 그래서 물었다.

"야후… 너냐?"

아무 말도 하지 않았다. 앞만 보고 달려가는 그녀의 얼굴은 일그러져 있었다. 그 표정만으로 예야후가 아닌 동아라는 걸 알 수 있었다.

설사 동아라도 설백천에 대한 사랑이라는 감정을 피할 수 없으니 이처럼 절박한 것은 당연했다.

언제부터인지 모르지만 주변에 붉은 일렁임이 보이지 않았다. 그리고 곧 검고 하얀 연기도 사라졌다. 예야후는 아직 제 모습을 유지하고 있는 숲을 달리고 있었다.

"어디로… 가는 거냐?"

"일단 널 식혀야지."

애써 냉담하게 대꾸했지만 초조한 기색이 역력했다. 동아에게 이처럼 사랑받고 있다는 게 우스웠다.

얼마쯤 달렸는지 가늠할 수 없었다. 죽음의 순간을 벗어나자 공포가 머물던 자리를 고통이 차지했다.

설백천은 신음조차 참을 수가 없었다. 끙끙대는 설백천의 몸이 허공에 붕 뜨더니 새로운 느낌이 와락 밀려왔다.

첨벙!

왈칵 밀려든 서늘함은 온몸을 부들부들 떨리게 만드는 고통을 단숨에 날려 버렸다.

꼬르륵—

물 몇 모금이 식도를 타고 넘어간 후에야 설백천은 숨을 참았다. 고통을 없앤 이 물 속에서 영원히 나가고 싶지 않았다.

하지만 동아가 그를 억지로 끌어올렸다.

"숨 쉬어!"

"일각 정도는 숨… 참을 수 있다."

"다행이군."

예야후는 설백천을 다시 물속에 담갔다. 고통이 옅어지자 자신의 몸이 어느 정도 다쳤는지 궁금해졌다.

화상은 맞거나 쇠붙이에 베인 것과는 비교할 수 없는 후유증을 남긴다. 엉겨 붙은 살은 몸을 쪼그라들게 만들고 타버린 근육은 그 구실을 제대로 할 수가 없다.

그래서 모든 사람들이 화상을 가장 두려워하는 것이다. 설백천은 물속에서 눈을 뜨고 팔을 들어 올렸다. 물속에서 보는 팔은 검붉었다.

인간이 원래 가지고 있어야 할 피부와는 거리가 멀었다. 손가락을 움직이자 힘들게 까딱거렸다.

'겨우 목숨만 부지한 건가?'

배교를 경시한 대가를 혹독하게 치르고 있었다. 동아의 고집에 끌려갔다고는 하나 설백천 또한 배교를 두려워한 건 아니었다.

하지만 막상 당하고 보니 역시 술법은 인간의 상식을 벗어난 무서운 영역이었다. 바로 곁에 예야후라는 결과물이 있으니 충분히 조심했어야 했다.

후회는 아무리 빨라도 늦는다는 걸 절감하며 설백천은 눈을 감았다. 상처는 심하다. 하지만 미리 절망할 필요는 없다. 살아남았으니 지금은 그것으로 족하다.

계곡물에 몸을 맡기고 있는데 머리 위쪽에서 물의 파장이 느껴졌다. 크게 흔들리는 게 누군가 물속으로 오고 있는 것 같았다.

화금강인이 굳이 물속으로 올 리가 없었고 설사 화금강인이라고 해도 예야후가 있으니 걱정은 되지 않았다.

"어? 동아?"

허일한이었다

第四十二章

선택

야수왕

이 불지옥 속에서도 살아남다니, 명이 어지간히 질긴 인간이었다.

첨벙거리며 다가온 허일한은 뒤늦게 설백천을 발견했는지 걸음을 멈췄다.

"어떻게… 된 거냐? 죽은 건 아니지?"

설백천은 물 밖으로 팔을 들어 올렸다. 그 간단한 동작조차 힘들어 부들부들 떨렸다.

물속에서 보는 허일한은 거의 벌거벗은 모습이었다. 겨우 치부만 가린 허일한은 동아를 힐끔거리다가 헛기침을 하며 몸을 돌렸다.

실오라기 하나 걸치지 않은 동아는 태연한데 허일한이 어디에 눈길을 둬야 할지 몰라 당황하는 모습이었다.

"화금강인은?"

동아의 물음에 허일한은 먼 산을 보며 대답했다.

"몰라. 한참 싸우다가 급하게 돌아가더군."

그들에게 뭔가 갑작스런 변화가 있었던 게 분명하다. 예야후가 고통에서 벗어난 것만 봐도 알 수 있었다.

"용케 다치지 않고 무사하네?"

"무사하긴! 여기저기 데인 곳이 얼마나 많은데!"

소리를 버럭 지른 허일한이 설백천을 힐끗 본 후 물었다.

"많이 안 좋은 것 같은데?"

"죽지는 않을 거야. 질긴 녀석이니까."

애써 차갑게 말하는 동아의 음성은, 그러나 걱정으로 잘게 떨렸다.

"부드러운 천 좀 구해와."

"이 산중에서 천을 어디서 구한단 말이냐? 그리고 왜 내가 구해야 하는데?"

"그럼 내가 발가벗고 돌아다닐까?"

동아의 물음에 입을 실룩거린 허일한은 산불이 나지 않은 쪽으로 걸음을 옮겼다.

예야후는 설백천의 발밑에 서서 수면 아래의 설백천을 물끄러미 내려다보았다.

"널 여기서 죽일 수 있으면 좋으련만."

* * *

조운상은 관 속에 든 조명헌을 허망한 시선으로 내려다보았다.

조명헌은 동생이면서 평생의 벗이며 가장 믿을 수 있는 심복이었다. 그의 죽음은 마치 신체 일부가 떨어져 나간 것 같은 고통과 허전함을 안겨주었다.

설사 자식이 죽었어도 이처럼 아프지는 않을 것이다. 그래서 조명헌은 여섯 살 이후 처음으로 울었고, 이미 충분히 눈물을 흘렸다고 생각했는데 또 눈에 습기가 맺혔다.

"아우야. 미안하다. 이 우형 때문에 네가 죽었구나."

큰 숨을 들이쉬어 터지려는 오열을 누른 조운상은 관 뚜껑을 덮고 손수 못을 박았다. 망치가 관에 들어갈 때마다 자신의 가슴에 못을 박는 것 같았다.

그렇게 열두 개의 못을 박는 동안 조운상은 복수를 다짐하고 또 다짐했다.

조명헌의 죽음에 책임이 있는 설백천과 예야후, 유재영, 도선방, 하오문까지 씨를 말려 버릴 것이다.

자신의 영혼을 악귀에게 팔더라도 꼭 그리 할 것이다.

*   *   *

지난 오십 년 동안 완벽하게 사방을 점령했던 네 개의 자리 중 하나가 비었다.

그래서 세 사람은 무려 한 시진 동안이나 침묵을 지켰다. 묵언의 추모였다.

"후우—!"

청룡왕(靑龍王)의 입에서 긴 숨이 뿜어지자 무거웠던 침묵의 분위기가 풀렸다.

"현무의 희생이 우리 배교의 어깨에 날개를 달아주었다."

이빨이 거의 남아 있지 않아서 청룡왕의 말은 처음 듣는 사람이면 알아듣기 힘들었다.

"조운상이 마음을 먹을까요?"

질문을 던진 백호왕은 이름과 어울리게 머리며 수염, 눈썹까지 눈을 맞은 것처럼 하얀색을 띠고 있었다.

백호왕의 말을 받은 사람은 홍일점(紅一點)인 주작왕이었다. 올해 예순여덟인 그녀는, 그러나 서른의 미부 같은 젊음을 유지하고 있었다.

"동생이 죽었으니 설백천과 예야후에 대한 원한이 극에 달해 있을 거예요. 그런데 전 아직도 큰 오라버니께서 굳이 조운상을 택한 이유를 모르겠어요. 더 싱싱한 몸이 얼마든지 있잖아요?"

"하지만 대법을 견딜 만큼 강한 내공의 소유자는 젊은이들 중에 흔치 않다."

"그거야 시간을 조금만 들이면 해결할 수 있는 문제예요. 이제 거의 완성 단계에 이르렀다는 걸 누구보다 큰 오라버니가 잘 아시잖아요?"

"내게는 그 시간조차 기다리기가 힘들다."

백호왕이 말했다.

"조운상으로 시간을 조금 벌고 더 좋은 육체를 찾으면 된다."

청룡왕이 주름 가득한 입술을 움직여 미소를 지었다.

"조운상도 그리 나쁜 그릇은 아니다. 청산권문 같은 세력을 통째로 넘겨받을 수 있으니 오히려 금상첨화라 할 수 있지. 우리는 옷만 바꿔 입은 채 권토중래(捲土重來)를 꾀할 수 있으니 말이다."

주작왕이 조심스럽게 말을 꺼냈다.

"큰 오라버니, 이번에 설백천과 예야후가 죽어서 계획이 성공했다면 어떻게 됐을까요?"

"넌 내가 일부러 현무를 희생시켰다고 생각하는 것이냐?"

"그럴 리가 없다는 건 알지만……."

"설사 설백천과 예야후가 죽었더라도 조운상은 우리 제안을 받아들일 것이다. 강해지려는 무림인의 욕망은 스무 살 청년의 성욕보다 강한 법이니까. 자기 눈으로 술법의 위력을 확인했는데 거절할 리가 없지."

백호왕이 물었다.

"대법은 한 달 후쯤에나 완성될 터인데 그 안에 설백천과 예야후는 어찌하실 생각입니까?"

"이번에 설백천이 크게 다쳤다니 그들도 당분간 움직이지 못할 거야."

"그들이 올 때까지 기다린단 말씀이군요."

"우리가 굳이 찾는 수고를 할 필요가 없지. 어차피 그들은 청산권문으로 오게 되어 있으니까. 그때 죽이면 돼."

$$* \qquad * \qquad *$$

의원은 고개를 저었다. 보기 좋게 길러진 검은 수염이 좌우로 흔들렸다.

"살아 있는 것만으로도 기적이오."

유재영이 물었다.

"무공을 펼칠 수 없단 말이오?"

"무공이라고요? 젓가락질하기도 힘들 것입니다."

도선방이 말했다.

"그럴 리가 없소. 백천이는 누구보다 강한 아이요. 화상 따위에 굴복할 사람이 아니란 말이오!"

의원 선우상(善宇相)은 이해할 수 없다는 표정을 지었다.

"저 사람이 누군지 알 수 없지만 결국 인간일 뿐이오. 아무리 강한 사람도 근육까지 엉겨 붙은 화상을 입은 이상 어쩔 수 없소이다. 특별한 사람이라는 건 인정하겠소. 저 상태로 살아 있으니 말이오. 하지만 그 이상을 기대하지는 마시오. 헛된 희망은 환자나 지인 모두에게 가장 큰 고문이 될 테니."

선우상은 매정하리만치 딱 부러지게 현실을 알려줬다. 방문 앞에서 우두커니 서 있던 동아는 그대로 문을 열고 나가버렸다.

말은 하지 않았지만 딱딱하게 굳은 얼굴이 내면의 고통을 여실히 드러냈다.

"다른 의원에게 데려가 봅시다. 저번에 나하고 백천이 치료했던 그 늙은 의원 있잖소?"

아무도 허일한의 말에 동의를 하지 않았다. 지금 설백천 상태라면 어떤 의원이 봐도 비슷한 의견을 낼 것임을 그들 모두 잘 알고 있었다. 허일한의 말은 그저 지푸라기라도 잡고 싶은 자의 마음일 뿐이다.

모두 허탈한 심정으로 허공만 보고 있을 때 밖에서 목소리
가 들렸다.

"문주님. 배각입니다."

이곳 동심현(同心縣)의 하오문 지부장 손배각(孫培覺)이었
다.

"들어오너라."

조심스럽게 문이 열리고 건장한 체격의 중년인이 들어왔
다.

"무슨 일이냐?"

"모산파의 장문인이 이곳에 왔습니다."

"서현도인이? 용건은 알아냈느냐?"

"모산파의 사고를 찾는 듯합니다."

그들이 예야후를 찾는다고 이상할 건 없었다.

"어떻게 할까요?"

"그냥 놔둬라. 찾다가 지치면 돌아가겠지."

"그들을 만나보는 게 어떻겠습니까?"

유재영의 말에 도선방은 어리둥절한 표정을 지었다.

"그 자식 만나서 뭐하려고?"

"의술로는 백천이를 낫게 할 방법이 없지 않습니까?"

"술법의 힘이라도 빌리자는 소린가?"

"동원할 수 있는 모든 방법은 동원해 봐야 하지 않겠습니까?"

도선방이 긴 한숨을 쉬었다.

"꼴도 보기 싫은 그 도사 놈이라고 뾰족한 방법이 있을까?"

"밑져야 본전이니 일단 만나보시지요."

잠시 생각하던 도선방이 손배각에게 물었다.

"서현도인은 어디 있느냐?"

동아는 침대 곁에서 설백천을 물끄러미 보고 있었다. 온몸을 감은 천에서 누런 진물이 배어 나왔다.

다른 누군가가 저렇게 누워 있다면 그 추함에 눈살을 찌푸렸을 것이다.

하지만 지금 동아의 감정은 안타까움과 슬픔, 설백천을 저렇게 만든 자신의 무력함, 그리고 적에 대한 분노가 가슴을 가득 채워 터질 것만 같았다.

지금 당장이라도 청산권문과 배교를 찾아가 놈들을 모두 도륙내고 싶었지만 설백천이 걱정스러워 곁을 떠날 수가 없었다.

물론 인정하기 싫지만 두려움도 있었다. 당시 머리를 헤집은 고통은 동아 일생에 두 번 다시 겪고 싶지 않은 순간이었다.

다시 한 번 그 고통을 겪으라고 한다면 차라리 죽음을 택할지도 모른다.

"우리 둘이 이대로 어디론가 숨어버릴까?"

우스운 상황이다. 예야후의 몸을 가졌지만 그는 동아다. 그런데 설백천을 향한 사랑을 어찌할 수가 없다. 둘이 세상의 한곳에서 정착해서 살게 되면 어떤 상황이 벌어질까?

동아는 창문을 통해 보이는 허공을 응시하며 중얼거렸다.

"사고님. 왜 제게 이런 감정을 갖게 만드는 건가요?"

*   *   *

"지금 뭐라고 했소?"

도선방은 서현도인이 한 말을 다시 한 번 듣고 싶었다. 서현도인은 뒤에 인형처럼 서 있는 야귀를 힐끗 본 후 같은 말을 뱉었다.

"혈우권을 야귀로 만들면 육체가 치유될 수도 있다고 했습니다."

타앙!

유재영이 탁자를 치며 일어섰다.

"그런 당치도 않는 말은 하지도 마시오! 아무리 정상적인 몸이 아니라지만 괴물이 되라니! 그게 말이나 되는 소리요!"

도선방도 유재영과 같은 생각이었다.

"백천이를 야귀로 만들어 자네가 부려먹으려고? 그런 당치도 않은 계획을 내가 찬성할 것 같나?"

"제가 혈우권을 마음대로 부리고 싶어서 드린 말씀은 아닙니다. 의술로는 고칠 수 없을 정도로 망가진 육체를 고치는 방법을 생각해 낸 것뿐이지요. 솔직히 화상을 입은 몸으로 야귀가 된다고 해서 몸이 예전처럼 돌아온다는 보장도 없습니다."

"그러면서 백천이를 야귀로 만들겠단 말인가? 삶은 호박에 이빨도 들어가지 않을 소리는 하지도 말게!"

한쪽에서 조용히 듣고만 있던 허일한이 말했다.

"단칼에 내칠 제안은 아닌 것 같군요."

"허 추관, 무슨 소릴 하는 건가?"

"문주님께서도 무림인에게 무공이 어떤 존재인지 잘 알지 않습니까? 제가 평생 관직에 몸담고 있었지만, 만약 무공과 목숨 둘 중 하나를 택하라면 아마 상당한 갈등을 할 것입니다."

"꼭두각시처럼 살아야 한다면 차라리 죽는 게 낫지!"

"그건 백천이가 결정해야 할 문제가 아닐까요?"

그 말에 반대를 하던 도선방과 유재영도 순간 말문이 막혔다. 설백천이 몸은 만신창이가 됐지만 정신만은 또렷했다.

그들이 생각하기에는 얼토당토않은 얘기지만 설백천은 다르게 받아들일 수도 있었다. 그리고 선택은 언제나 당사자의 의지가 가장 중요하다.

허일한이 괴로움 가득한 음성으로 말했다.

"육체와 정신 둘 중 하나를 정해야 하는 잔인한 선택이지요. 결국 본인만이 그 선택을 할 수 있는 겁니다."

"야귀가 되었는데 육체가 낫지 않고 지금 그대로면?"

"지금 이 상황에서 만약이란 의미가 없을 것 같군요."

유재영이 서현도인에게 물었다.

"백천이가 야귀로 변했을 경우 육체가 치료될 확률은 어느 정도요?"

"처음 시도하는 것이라 확률을 얘기할 수가 없구려."

애매모호한 대답을 한다고 서현도인을 탓할 수는 없었다. 유재영의 시선이 도선방에게로 향했다.

"백천이에게 선택의 기회를 줘야 할까요?"

* * *

"하지."

설백천의 짧은 대답에 주변 사람들이 숨을 혹 들이쉬었다.

도선방이 걱정스런 어투로 말했다.

"너무 빠른 결정이구나. 조금 더 신중하게 생각해라."

"지금보다 나빠질 게 있어?"

"몸은 여전하고 제정신은 사라지는 결과가 나올 수도 있다."

천장을 물끄러미 보는 설백천의 낮은 음성이 흘러나왔다.

"차라리 제정신이 아니면 편하긴 하겠지."

"네 주변 사람들은 생각하지 않는 것이냐?"

"이 상태로 있는 게 가장 안 좋은 거야. 내가 정신을 잃으면 외면이라도 할 수 있잖아?"

"널 외면하는 일은 절대 없을 거야."

모두 말을 한 동아를 봤다. 그러자 동아는 '내가 왜 그런 말을 했지? 젠장!' 하면서 밖으로 나가 버렸다.

갑자기 방안에 적막이 찾아왔다. 이 상황에서 마땅히 할 말이 없었기에 모두 침묵 속에서 자기만의 생각에 빠져 있었다.

어색한 말없음의 시간은 서현도인의 헛기침으로 깨졌다.

"험! 그럼 언제 시작하면 좋겠소?"

사람들의 시선이 설백천에게로 모아졌다. 이제부터 모든 결정은 설백천의 몫이다.

"빠르면 빠를수록 좋지."

유재영이 물었다.

"백천이가 모산파로 가야 하는 것이오?"

"그것이 가장 좋지요. 필요한 약재와 장비가 모두 있으니까요."

모산파와는 나흘 정도의 거리였다. 도선방이 몸을 돌리며 말했다.

"동아와 얘기를 해보는 게 좋겠군."

야귀에 대해서 서현도인을 제외하고는 황적심과 사제지간이었던 동아가 가장 잘 알 것이다. 도선방이 막 방을 나가려는데 동아가 들어왔다.

"안 그래도 물어볼 것이 있었는데……."

"설백천의 주인은 나야."

동아의 말에 서현도인을 제외한 모두가 어리둥절한 표정이 되었다.

"그게 무슨 말이냐?"

허일한의 물음에 서현도인이 답했다.

"심령을 연결하는 사람을 말하는 것이오. 야귀로 막 눈을 떴을 때 가장 먼저 보이는 사람을 주인으로 모시게 되어 있소이다."

도선방이 의심스러운 눈초리로 서현도인을 봤다.

"하지만 예야후는 야귀를 마음대로 조종하는 것 같던데?"

"사고님께서는 모산파 술법의 정점에 계신 분이오. 모산파에서 술법으로 만들어진 존재는 본능적으로 사고님을 가장 상위의 주인으로 여기게 되어 있소이다."

허일한이 턱으로 동아를 가리켰다.

"지금은 예야후 안에 동아가 들어앉아 있는데, 동아도 그런 능력이 있는 것 아니오?"

"사고님께서 저 안 어딘가에 존재하고 계신 이상 야귀는 동아를 따를 것이오."

"그럼 굳이 주인 운운할 필요는 없겠네."

허일한의 말에 동아가 강한 어조로 대꾸했다.

"그래도 설백천이 눈을 떠서 가장 먼저 보는 사람은 나여야 해!"

야귀로 변한 설백천이 다른 사람을 주인으로 섬기는 희박한 가능성조차 동아는 불안한 것이다.

도선방이 고개를 끄덕였다.

"그거야 네 좋을 대로 해라. 현재로써 설백천의 주인은 네가 되는 게 가장 좋을 수도 있지."

말을 해놓고 결정을 내릴 사람은 자신이 아닌 설백천이라는 걸 깨달은 도선방이 설백천에게 물었다.

"그렇지 않으냐?"

"누구든 상관없겠지."

자포자기한 듯 힘없는 대답이었다. 도선방은 초점 없는 시선을 허공에 던지고 있는 설백천이 무슨 생각을 하고 있는지 짐작조차 가지 않았다.

그래서 측은함이 더했다. 무림에서 적수를 찾기 힘들 정도의 고수였던 설백천이 졸지에 실혼인(失魂人)이 되어 동아를 섬기게 되는 처지에 놓였으니, 그 절망의 끝은 깊고도 깊을 것이다.

더구나 야귀가 되는 비극을 선택했는데도 신체가 정상으로 돌아온다는 보장이 없었다.

모든 상황이 죽음만큼이나 좋지 않았다.

그래도 이 방에서 감정의 늪에 가장 적게 발을 담근 사람은 허일한이었다.

"이왕 이렇게 결정 났으니 빨리 준비를 합시다. 서현도인은 먼저 돌아가서 만반의 준비를 해놓고 나머지 사람들도 백천이와 떠날 것인지 남아서 다른 일을 할 건지 결정해야지요."

허일한이 일사천리로 진행한 절차는 이 상황에서 가장 적절한 판단이었다.

예야후에게 무슨 말인가를 하려던 서현도인은 결국 아무 말도 하지 않고 모산파로 떠났다.

"우리는 이틀 정도 있다가 떠나자."

도선방의 말에 유재영이 물었다.

"지체할 마땅한 이유라도 있습니까?"

"황적심과 고전호가 이곳으로 오는 중이네. 혹시 몰라서 고전호를 불렀는데 황적심 혼자 둘 수가 없으니 같이 오라고 한 거지. 시간상으로 이곳에서 합류하기는 힘드니 그들도 모산파로 오라고 해야지. 우리가 모레 출발하면 얼추 그들이 모산파에 도착하는 시간과 비슷하게 맞출 수 있을 거야."

서현도인과 황적심은 철저하게 믿을 수 없는 자들이다. 그러니 확실하게 믿을 수 있는 사람 한 명쯤은 꼭 필요했다.

유재영이 도선방에게 속삭였다.

"잠시 저와 얘기 좀 하시죠."

도선방도 유재영이 무슨 얘기를 하고 싶은지 짐작할 수 있었다.

의원의 뒤뜰에 심어진 사과나무 아래에서 멈춘 유재영이 물었다.

"백천이가 야귀가 된 후의 일은 생각해 두셨습니까?"

"여러 가지 고민을 하고 있는 중일세."

"서현도인의 말대로 백천이가 야귀가 되어 신체를 회복한다면 동아가 백천이의 운명을 쥐게 됩니다. 그러니 무슨 수를 써서라도 동아 안에 잠들어 있는 예야후의 본성을 돌아오게 해야 합니다."

이젠 예야후가 전보다 훨씬 절실한 존재가 되었다. 도선방이 근심 가득한 목소리로 나직하게 말했다.

"만약 최악의 결과가 나오면 어떻게 해야 할지 생각이 나지 않는군."

유재영도 아무 말을 할 수가 없었다. 설백천이 야귀가 되었는데도 지금 육체 그대로라면 그다음의 일은 어찌 될까?

지금이야 동아가 끝까지 책임진다고 말했지만 과연 평생 그리할 수 있을까? 그리고 예야후가 본성을 찾게 될 경우, 그녀가 동아와 같은 장담을 할까?

남녀의 애정이란 시간과 함께 마모될 수밖에 없다. 혼자 살아갈 수 없는 실혼인 설백천은 그 자체로 비극이다.

"백천이의 문제는 결과가 나온 다음에 생각할 수밖에 없군요. 어쨌든 청산권문과 배교는 대비를 해야 하지 않겠습니까?"

"그래야지. 하지만 백천이가 저 꼴이니 마땅한 방법이 떠오르지 않는군."

"지금은 백천이와 예야후는 전력에서 배제해야지요."

"그 둘이 없으면 우리에게 승산이 있을 것 같나?"

청산권문과 하오문은 이미 철천지원수가 돼버렸다. 이젠 누구 한쪽이 피한다고 피할 수 있는 싸움이 아니었다.

며칠 전만 해도 설백천과 예야후가 있어서 절대적으로 유리한 싸움이었다. 하지만 배교의 등장과 함께 거대한 폭풍이 그들을 휩쓸어 버렸다.

설백천이 휩쓸린 폭풍은 그래서 예야후까지 함께 날아갔다. 지금 상황에서 예야후가 그들의 힘이 되어줄 것이라는 기대는 하지 않는 게 좋다.

개인적인 원한이 있는 유재영과 하오문의 수장인 도선방은 폭풍 속에서 같은 배를 탄 신세가 되었다.

"그나마 유일한 희망은 예야후가 동아를 쫓아내고 자신의 몸을 찾는 겁니다."

결국 결론은 예야후로 돌아왔다.

"너무 불확실한 일이군."

유재영이 쓴웃음을 지었다.

"희망이란 언제나 그런 것이지요."

                    *   *   *

"끄으윽―!"

거대한 나무통 안에 있는 조운상은 고통으로 인해 온몸을 부들부들 떨었다. 통에 담긴 천수액(天髓液)이 피부를 통해 스며드는 고통은 어지간한 인간이 아니면 참기 힘들었다.

이 한계를 조금만 더 넘으면 포기라도 할 것 같은데 인내의 바닥이 보일 듯 말듯한 곳에서 고통이 넘나들었다.

청룡왕이 의도한 그대로였다. 고통이 너무 크면 조운상이 포기할 수 있었고 적으면 대법의 효과가 없다.

청룡왕은 그 경계를 아슬아슬하게 유지하며 조운상을 괴롭히고 있었다.

조운상에게 얘기하는 건 단혼(鍛魂)이지만 사실은 실혼(失魂)의 과정이다.

절대 익숙해지지 않은 고통으로 정신을 지치게 해서 종국에는 손만 뻗으면 혼을 취할 수 있는 지경에 다다르게 하는 것이다.

"조금만 참으시오. 며칠 내로 문주의 몸은 금강불괴처럼 강해질 것이오."

이뤄지지 않을 희망을 전해준 청룡왕은 수하에게 조운상을 맡긴 후 단혼실을 나와서 자신의 거처로 향했다. 청산권문에서 가장 깊숙한 곳에 자리한 소운각(小雲閣)을 배교를 위해 내어주었다.

대청을 지나 복도를 걷는데 앞에서 문이 열리고 주작왕이 나왔다. 흐트러진 옷매무새를 매만지던 주작왕이 청룡왕을 보더니 고혹적인 미소를 지었다.

상청술(常青術)을 쓸 때의 주작왕은 단지 손짓만으로도 묘한 색기를 퍼트렸다. 지금쯤 그녀의 침대에는 피골이 상접한 젊은 사내가 누워 있을 것이다.

"이곳에서 죽이지는 마라."

"걱정 마세요. 이번 상대는 좀 달랐으니까. 단혼실에서 오시는 길인가요?"

"조운상이 잘 버티고 있더구나."

주작왕이 청룡왕을 졸졸 따라오며 말했다.

"큰 오라버니."

"부탁할 게 있는 모양이구나?"

"네. 아마 큰 오라버니께 하는 마지막 부탁이 될 거예요."

청룡왕은 자신의 거처가 아닌 접객실로 들어갔다. 청룡왕의 맞은편에 자리를 잡은 주작왕이 예의 그 고혹적인 미소를 지으며 입을 열었다.

"제가 취신대법(取身大法)을 쓰고 싶은 사람이 있는데요."

"넌 네 육체에 만족하고 있는 줄 알았는데?"

그녀가 가는 한숨을 쉬었다.

"이제 저도 예전 같지 않답니다. 요즘은 예전보다 더 힘들어지고 있어요. 가끔 상청술이 갑자기 무너져 노파가 되는 꿈을 꾸기도 한답니다."

"마땅한 육체는 골라놓았느냐?"

"더 이상 좋을 수 없는 육체가 있어요."

"그게 누구냐?"

"예야후."

의외라는 표정을 짓던 청룡왕은 곧 고개를 끄덕였다.

"예야후면 여인이 꿈꾸는 모든 조건을 가지고 있다고 할수 있지."

"그렇죠? 그래서 제가 그 몸을 탐내는 거예요."

"하지만 너도 알다시피 현재 그 몸에는 동아라는 아이가 들어앉아 있다."

"그러니 더 쉬울 거예요. 꼬마한테 그처럼 쉽게 정신을 빼앗기는 계집이니 형편없는 정신력이죠."

청룡왕은 고개를 저었다.

"그게 그렇지 않다. 예야후가 정말 형편없는 정신력을 가졌다면 동아가 예야후의 정신을 오래전에 없애 버렸겠지. 하지만 그 몸에는 여전히 예야후가 들어 있다. 서귀미혼대법이 완전하다 못해 지나치게 발휘되었는데도 말이다."

"전 자신 있어요."

그녀의 확신은 단지 바람이라는 걸 청룡왕은 잘 알고 있었다.

"우리의 취신대법이 사실은 서귀미혼대법의 변형이라는 건 주지의 사실이다."

"화금강인도 모산파의 야귀를 바탕으로 만들었지만 비교할 수 없을 만큼 월등하죠."

"그만큼 위험하기도 하다. 취신대법이 잘못되었을 경우 오히려 네가 상대의 노예가 될 수 있다는 건 잘 알고 있겠지?"

"물론이에요."

"예야후를 단혼실로 끌고 오기가 만만치 않을 텐데 그건 어찌 해결할 생각이냐?"

"조운상에게 쓰는 방식과는 다른 길을 택할 거예요."

청룡왕의 얼굴 주름이 꿈틀거렸다.

"수많은 실패 끝에 폐기한 방법을 쓰겠단 말이냐?"

주작왕이 배시시 웃었다.

"이번 상황은 조금 특별하거든요."

*　　　*　　　*

동아는 자고 있는 설백천을 물끄러미 내려다보았다. 크지 않은 현의 객잔, 작은 바람에도 파르르 떨리는 문풍지가 초라함을 더하는 그런 객잔에서 동아는 모두 잠든 시간에 이렇게 설백천을 보고 있었다.

이처럼 잠 못 이루는 밤이 동아도 싫었다. 하지만 잠을 잘 수가 없었다.

설백천이 안쓰럽고 걱정스러워 눈만 감으면 붕대를 감은 설백천의 모습이 어른거렸다.

이건 자신의 마음이 아닌 예야후의 감정이 전이된 것에 불과하다는 걸 안다. 그래서 설백천에 대한 연모의 정을 없애려고 애를 썼지만, 허우적대면 더 빨려들어 가는 늪처럼 설백천에 대한 생각을 지울 수가 없었다.

그래서 가장 깊은 새벽에 이처럼 설백천의 곁에 서 있는 것이다.

설백천을 향한 사무치는 이 감정은 몸이 느끼는 최악의 고통보다 더 참기가 힘들었다. 이 감정에 조금 더 함몰되면 마음의 아픔 때문에 죽을 수도 있을 것 같았다.

동아는 억지로 몸을 돌렸다. 동아가 조숙하기는 하지만 어른들의 감정을 감당하기에는 너무 힘들었다.

특히 사랑이란 감정은 어떨 때는 세상에서 가장 힘겨운 고통이 될 수도 있으니.

*   *   *

객잔에서 여진의 방문을 받은 고전호는 깜짝 놀랐다.

"네가 여긴 어인 일이냐?"

"저야 원래 이리저리 바쁘게 돌아다니는 몸이잖아요. 근처 지나다가 오라버니가 여기 있다는 소식을 듣고 얼굴이나 보려고 들렀어요. 황적심은 잘 지키고 있죠?"

"물론이다."

"제가 기가 막히게 맛있는 차를 구했거든요. 오라버니 생각이 나서 조금 가져왔어요."

여진은 고전호가 좋아하는 용정차를 타서 탁자에 올려놓았다. 차에 일가견이 있는 고전호는 향기만으로 최고급 용정차라는 걸 알 수 있었다.

"네가 이렇게 친절하니 왠지 불안한데?"

농담을 했는데 여진은 양손으로 찻잔만 빙글빙글 돌렸다.

"내게 하고 싶은 말이 있느냐?"

"실은 오라버니께 소개시켜 주고 싶은 사람이 있어요."

"소개라니? 누구를 말이냐?"

"여자요. 오라버니도 슬슬 장가가실 때가 됐잖아요. 아니, 한참 늦으셨죠."

고전호는 피식 웃었다.

"난 결혼 같은 건 생각 없다."

"왜요?"

"항상 떠돌아다니면서 내 할 일만 하는데 어떤 여자가 이런 남자를 좋아하겠느냐?"

여진이 싱긋 웃었다.

"제가 그런 오라버니를 몰라서 여자를 소개시킨다고 하겠어요?"

하긴 누구보다 고전호를 잘 아는 사람이 여진이었다. 만난

지 칠 년이 지났고 어느새 여동생처럼 가까운 사람이 여진이다.

나이에 비해 생각이 깊은 여진이 소개시켜 준다는 여자가 궁금하기는 했다. 그래서 슬쩍 물었다.

"어떤 여인인데? 예쁘냐?"

사내 치고 예쁜 여자 싫은 사내가 어디 있겠는가?

"미인이죠. 흠이라면 젊었을 때 혼인을 했었는데 결혼한 지 일 년도 되지 않아서 남편이 죽는 바람에 과부가 되어버렸어요. 나이도 이제 겨우 서른밖에 되지 않았으니 오라버니와 잘 맞지 않겠어요?"

"그런 것이야 무슨 상관이 있겠느냐마는……."

"오라버니 사정은 제가 이미 얘기해 놓았어요. 그 언니도 여기저기 돌아다니는 걸 좋아하니 오라버니와 딱이죠."

고전호는 여자에 대해서는 문외한이었다. 하오문에 속한 탓에 가끔 기루에 갈 일도 있었지만 기녀의 손 한 번 잡지 못하고 술만 홀짝이다 오는 게 대부분이었다.

물론 남자인 탓에 가끔 회포를 풀기는 해도 아직까지 마음을 끄는 여자를 만나지는 못했다.

"쇠뿔도 단김에 빼랬다고 지금 보실래요?"

"그 여인이 여기 와 있단 말이냐?"

"네."

아직 젊은 고전호도 여자 생각이 없는 건 아니었다. 서른 중반을 넘어서는 때는 아무리 바빠도 옆구리가 허전한 것은 잊기가 힘들었다.

하지만 지금은 개인의 외로움을 달래기에는 공적으로 너무 중요한 시기였다.

"아무래도 어렵겠다. 하오문은 물론 어쩌면 무림의 안위가 걸렸을 수도 있는 이때에 한눈을 판다는 건 무책임한 행동이다."

"오라버니 책임감은 알아줘야 한다니까. 정 싫다면 어쩔 수 없지요. 아래층에 있는 언니한테 돌아가라고 해야지."

고전호는 깜짝 놀랐다.

"이 객잔에 와 있단 말이냐?"

"지금쯤 일 층 식당에서 뭇 남성들의 시선을 한 몸에 받고 있을걸요? 그 언니가 또 한 미모 하거든요."

가까운 곳에 있으니 딱히 임무에 지장을 주는 것은 아니었다.

"그럼 잠깐 내려가 볼까?"

여인을 만나러 가는 고전호의 가슴은 두근거렸다. 근 십여 년 만에 소개받는 여인이라고 해도 이상할 정도로 설렜다.

마른침을 여섯 번이나 삼킨 후에야 계단을 다 내려왔다. 주점과 식당을 겸하고 있는 일 층에는 손님들로 가득했다.

왁자지껄 떠드는 소리가 가득한 그곳은 그러나 한편으로 고요한 침묵으로 한곳을 보는 사내들도 제법 있었다.

고전호는 침묵의 사내들 시선을 따라 식당 구석진 곳으로 눈길을 돌렸다. 그리고 사내들이 침묵을 지키고 있는 이유를 발견했다.

여진의 말대로 한 미모 하는 미인이다. 외형은 그렇다. 하지만 그 여인에게서는 미추로 판단할 수 없는 묘한 기운이 풍기고 있었다.

매력이라는 말로 뭉뚱그려 얘기하기도 곤란한, 사람의 마음에 파문을 일으키는 수면에 떨어진 돌멩이 같은 그런 기운이었다.

여진이 팔꿈치로 고전호의 옆구리를 쿡 찔렀다.

"어때요?"

"응? 응, 예쁘구나."

애써 담담하게 말했지만 고전호의 마음은 이미 여인에게 기울고 있었다. 단순히 미모로 따진다면 예야후에 비할 바가 못 되었으나, 예야후는 고전호와 엮어질 가능성이 아예 없는 여인이었기에 그저 감탄만 하고 말았다.

하지만 저 여인은 어쩌면 고전호와 맺어질 수도 있기에 이처럼 큰 감정으로 다가오는지도 모른다.

뭇 남성들의 시선을 받고 있어서인지 여인은 조금 불안한 표정이었다. 그것이 더 여인을 여인답게 보이게 만들었다.

여진이 여인을 소개했다. 이름이 황인애(黃仁愛)라는 것밖에 기억하지 못했다. 조금 더 많은 얘기가 오갔지만 고전호에게 자잘한 것들은 중요하지 않았다.

그리고 사람들의 시선을 피해 올라가자는 얘기가 나왔고 어느새 세 사람은 방으로 들어와 있었다.

이 객잔에서 가장 큰 방으로 응접실이 딸려 있었다. 이 만남의 주선자인 여진이 술과 안주를 구해왔다.

술을 그리 즐겨하지 않을뿐더러 중요한 임무를 맡고 있었지만, 황인애라는 여인의 향기는 고전호를 이미 취하게 만들었다.

튀긴 오리고기에 기름에 볶은 야채 몇 가지를 안주 삼아 술을 마셨다. 여자에게는 이상할 정도로 말주변이 없었던 고전호였지만 그날은 꽤 많은 얘기를 한 것 같다.

황인애 또한 그의 얘기를 잘 받아주었고 여진이 낯선 두 사람 사이의 긴장감을 없애주었다.

잘 웃는 그녀의 하얀 치아가 보기 좋았다. 그녀와 앉은 후 불과 일각이 지나지 않아 생긴 성욕은 갈수록 커졌다.

얘기를 하면서도 황인애의 벗은 몸을 상상했고 손끝으로 그녀의 감촉을 느끼고 싶었다.

"전 이만 가볼게요."

여진이 잔을 비우고 일어섰다. 그러자 황인애도 함께 몸을 일으켰다.

"네가 가면 나도 가야지."

순간 가슴이 덜컥 내려앉는 허무함이 찾아왔다. 그런 고전호의 마음을 읽은 것처럼 여진이 황인애를 다시 주저앉혔다.

"언니는 조금 더 있다가 오세요. 오라버니. 언니 저 사거리에 있는 만추객잔(晚秋客棧)에 꼭 바래다주셔야 해요."

고전호가 냉큼 대답했다.

"물론이지."

"하지만……."

"두 분이서 얘기 좀 더 하시다 오세요."

여진은 고맙게도 황인애를 남겨두고 갔다. 두 사람만 남자 갑자기 어색해졌다.

고전호는 분위기를 풀려고 노력했고 황인애 또한 그의 장단을 잘 맞춰주었다.

문학과 그림, 역사와 천문까지 고전호와 이처럼 많은 얘기를 나눌 수 있는 사람은 남자 중에서도 흔치 않았다. 하오문에 적을 둔 고전호로서는 만나보기 힘든 유형의 사람이었다.

어떻게 그녀와 침대로 갔는지조차 기억나지 않았다. 두 사람은 자연스럽게 이불 속으로 들어갔고, 비단금침보다 부드러운 그녀의 속살을 고전호의 손끝이 더듬고 있었다.

운우지락의 흥분은 고전호에게 언제나 차가운 얼음 같은 느낌을 동반했다.

정사가 끝난 다음의 허무함을 알기에 그 과정조차 그리 큰 즐거움으로 다가오지 않았다.

하지만 오늘 황인애와 나누는 육체의 밀어는 더없이 달콤했고 심연의 바닥보다 더 깊은 쾌락을 안겨주었다.

이성이 파고들 여지도 없이 쾌락에 함몰된 고전호는 붉은 물결의 파도에 휩쓸려 정신을 잃고 가라앉았다. 고전호 인생에 가장 깊은 늪이었다.

문이 열리고 여진이 들어왔다. 주작왕은 대법의 늪에 빠진 고전호를 두고 침대를 빠져나왔다. 여진이 쪼르르 달려와서 아직 탄탄한 피부를 가진 주작왕에게 냉큼 안겼다.

주작왕은 금방이라도 눈물을 떨굴 것 같은 여진의 머리를 부드럽게 쓰다듬었다.

"그저 할 일을 한 것뿐이다."

여진은 물기 가득한 눈으로 주작왕을 올려다보았다.

"정말이죠? 남자 때문에 절 버리시지는 않을 거죠?"

주작왕은 미소를 보여주었다.

"그럴 일은 절대 없을 것이다."

비로소 고개를 든 여진이 웃었다.

"앞으로 내게 고전호와 설백천 일행의 행방을 소상히 알려 주어야 한다."

"걱정 마세요. 그리고……."

머뭇거리는 여진이 무슨 말을 하고 싶은지 잘 알고 있었다. 주작왕은 여진을 끌고 뒷걸음질 쳐서 침대에 걸터앉았다. 대법에 빠진 고전호의 몸이 작게 출렁였다.

주작왕이 다리를 벌리자 여진의 얼굴이 아래로 미끄러져 내려갔다.

"으음……."

주작왕의 입에서 작은 신음이 새나왔다.

*   *   *

모산파의 산문을 보는 서현도인의 입에서 절로 한숨이 나왔다. 어떻게 소문이 났는지 모르지만 예야후가 모산을 떠났다는 얘기가 퍼지고 있었다.

그래서인지 근래 들어 모산파로 오는 사람들의 발길이 눈에 띄게 줄어들었다. 이맘때면 모산파에 제자로 들어오겠다는 사람들과 참배객들이 줄을 지었는데 지금은 한참을 기다려야 겨우 사람의 기척을 느낄 수 있었다.

거기에 예야후의 이름이 희미해지자 표국업도 전장업도

더 이상 키워지지가 않았다. 이러다가는 현상 유지를 하는 것조차 힘겨워질 수 있었다.

이 위기를 타계하는 방법은 역시 예야후가 모산파로 돌아오는 것뿐이다. 그것을 위해 서현도인은 만반의 준비를 해두었다.

일각이 여삼추라는 말이 실감날 정도로 더디게 흐른 시간 속으로 드디어 설백천 일행이 발을 들여놓았다.

서현도인은 애써 느린 걸음으로 다가가 설백천 일행을 맞이했다.

"먼 길 오느라 수고하셨소이다."

설백천을 업은 유재영이 말했다.

"우리가 수고하기는 했지. 어디든 빨리 갑시다."

"일단은 여독을 푸신 다음에 대법을 시행하는 게 어떻겠소?"

서현도인은 마음에도 없는 소리를 했고 다행히 도선방이 마음에 드는 대답을 해주었다.

"우리는 괜찮으니 서두르도록 하지."

그들은 빠른 걸음으로 모산파의 깊숙한 곳을 향했다. 시술실이 있는 도울청(道亐廳) 주변에 야귀들을 배치해 경비를 철저히 하라 시킨 서현도인은 지하로 내려가는 계단을 밟았다.

서현도인의 바로 뒤를 따르는 허일한이 물었다.

"왜 이런 곳은 항상 지하실에 만드는 것이오?"

"서늘한 기운을 유지해야 하기 때문이지요."

만반의 준비를 해놓았기 때문에 시술실은 약냄새로 가득했다.

"이곳이 혈우권이 야귀로 변할 곳입니다."

第四十三章

음모의 소용돌이

야귀대법을 펼치기 위한 모든 준비는 마쳐졌기에 일은 순조롭게 진행되었다.

기름 먹인 나무통에 끓인 약물을 넣고 식는 동안 서현도인은 사방에 부적을 써서 붙였다.

고현도인이 그런 서현도인의 뒤를 따르며 주문을 외웠다.

"서귀대신(西鬼大神), 관방대신(關防大神), 아급당부(我急當付), 천지아량(天地雅量)……."

그들은 대법실을 세 바퀴를 돌며 부적을 붙이고 주문 외우는 걸 마쳤다.

"저 안에 혈우권을 넣으시오."

약물은 손을 넣으면 깜짝 놀랄 정도로 아직 뜨거웠다. 그래서 도선방이 물었다.

"저렇게 뜨거운데 지금 들어가란 말인가? 화상까지 입었는데?"

"인간 이상의 존재란 언제나 고통 속에서 탄생하는 법입니다."

"지랄 같군."

입맛을 다신 도선방은 붕대를 친친 감은 설백천을 봤다. 고통이란 대부분의 인간에게 가장 큰 두려움이게 마련이다.

"넣어줘."

낮았지만 의지만은 가득한 목소리다. 가는 한숨을 쉰 도선방이 돌침대에 누운 설백천을 안아서 나무통 앞에 섰다. 이제 저 안으로 들어가면 멀쩡한 정신의 설백천을 영원히 볼 수 없을지도 모른다.

"네가 하오문의 소문주라는 사실을 절대 잊으면 안 된다. 그리고 다시… 꼭 돌아와서 하오문을 물려받아야 한다."

그 말을 한 도선방은 주변을 둘러보았다. 설백천에게 하고 싶은 얘기가 있으면 하라는 무언의 눈길이었다.

하지만 아무도 얘기를 꺼내지 못했다. 어쩌면 그들 모두 설백천이 꼭두각시 야귀에서 영원히 돌아오지 못할 것이라는 현실을 받아들이지 못하는 것인지도 모른다.

"청승 떨지 말고 빨리 넣어."

"싸가지 없는 놈."

그것이 나무통 안에 잠기는 설백천에게 도선방이 마지막 남긴 말이었다.

서현도인은 약물에 잠기는 설백천의 입과 코를 천으로 막았다. 깜짝 놀란 도선방이 물었다.

"저렇게 하면 숨을 못 쉬어 죽게 될 것 아닌가?"

"호흡은 피부로 하게 될 것입니다. 물론 정상적인 호흡은 아니지요. 그래서 가사 상태에 빠지게 되는 것입니다."

숨이 막히게 되면 사람은 으레 발버둥을 치게 마련이다. 그런데 짙은 갈색 약물 안에 들어가 있는 설백천은 가슴에 손을 모은 채 죽은 듯 움직임이 없었다.

"저게 정상인가?"

"들어가는 즉시 모든 감각이 마비됩니다. 아마 지금쯤 우리 목소리도 듣지 못할 것입니다."

"그럼 이 기회에 실컷 욕이나 해야겠군. 젠장!"

거칠게 말을 뱉은 도선방이 돌아섰다. 이곳에서 그가 할 일이 없으니 있어 봤자 괴롭기만 할 뿐이다.

"난 나가서 기다리지."

저렇게 있어야 할 사흘의 시간은 꽤나 괴로운 기다림이 될 것이다. 도선방이 지하실을 나가는 첫 계단을 밟을 때 문이 열리면서 명현도인이 들어왔다.

도선방에게 가볍게 인사를 한 명현도인이 서현도에게 가서 말했다.

"장문사형. 황적심이 왔습니다."

"뭐? 황 사제가?"

"드디어 도착했군."

도선방의 말에 서현도인과 두 명의 장로가 도선방을 봤다.

"그게 무슨 말씀이오?"

"내가 불렀어. 하오문의 제법 똑똑한 녀석과 함께."

"무슨 연유로 황적심을 불렀단 말입니까?"

"당신들 모산파 도사들을 믿을 수가 있어야지."

서현도인의 얼굴이 붉어졌다.

"본 장문인보다 황적심을 더 믿는단 말이오?"

"난 장문인도 황적심도 믿지 않아. 그래서 말했잖아. 똑똑한 녀석도 함께 왔다고. 그 녀석은 믿을 만하거든."

"술법이란 아무리 똑똑해도, 오랜 시간을 공들여 공부해도 깨우치기 힘든 법이오."

"장문인만큼은 아니지만 고전호라는 그 녀석도 꽤 오래 공부를 했어. 총기가 워낙 좋아 빨리 습득했다고 하더군. 내가 믿을 수 없게 만든 책임은 장문인에게 있으니 그리 화낼 일은 아닌 것 같은데?"

"화를 내는 게 아니라 모산파를 무시하시는 것 같아서 드린 말씀입니다."

도선방은 손을 휘휘 저으며 계단을 올라갔다.

"무시당할 짓을 했으면 무시받는 거지. 이런 시답잖은 일로 논쟁하는 게 무슨 의미가 있겠나?"

지하실을 나온 도선방은 정문으로 향하는 도중 황적심과 고전호를 만났다. 두 사람만 모산파 도사의 뒤를 따르는 것으로 보아 호위를 하고 온 하오문도들은 돌아간 모양이다.

"장문인을 뵙습니다."

고전호가 공손하게 인사를 했다.

"오는 동안 별일은 없었느냐?"

"특별한 일은 없었습니다."

황적심이 물었다.

"설백천과 예야후는 어디 있소이까?"

"백천이는 지금 야귀대법을 시전받고 있는 중이고 예야후는 당연히 함께 있지."

"내가 가서 봐도 되겠지요?"

"또 무슨 수작을 부리려고?"

"어차피 대법 때문에 날 부른 것 아닙니까? 내가 살펴볼 게 아니라면 내가 왜 여기 있는 것입니까?"

능글능글하게 말하는 황적심의 면상을 쥐어박고 싶은 마음이 굴뚝같았다.

"따라오너라."

바퀴의자 구르는 소리가 도선방의 뒤를 따랐다. 도울청 앞에서 유재영과 허일한이 무슨 얘긴가를 하고 있었다.

"왜 나와 있나?"

"안에 있어 봤자 답답하기만 하죠."

도선방의 심정도 허일한과 같았기에 절로 고개가 끄덕여졌다. 유재영이 황적심을 향해 무거운 걸음으로 다가갔다. 허리를 숙인 그는 아주 낮은 목소리로 말했다.

"내 장담하는데 이번에도 허튼수작을 부리면 내가 줄 수 있는 가장 큰 고통을 네게 안겨주겠다."

진심이 깃든 협박은 상대에게 두려움을 주게 마련이다. 그래서 황적심은 재빨리 머리를 끄덕였다.

"이번 기회에 내 지난 과오를 만회하겠소."

황적심의 말은 언제나 그렇듯 그리 믿음이 가지 않았다. 도선방은 두 사람을 데리고 지하실로 내려갔다.

"야귀대법에 대해서는 알고 있느냐?"

도선방의 물음에 고전호가 대답했다.

"오면서 황적심에게 들었습니다."

"이해는 했느냐?"

"며칠 듣는다고 이해할 수 있을 정도로 녹록한 대법이 아니오."

고전호는 황적심의 말에는 신경 쓰지 않고 대답했다.

"대강의 원리는 파악했습니다. 제대로 시행되고 있는지 정도는 알 수 있습니다."

"그것이면 됐다. 네 역할은 대법이 제대로 시행되고 있는지 감시하는 것이다."

"실수 없도록 하겠습니다."

얘기를 하는 사이 세 사람은 설백천이 들어 있는 나무통에 도착했다. 동아는 죽은 듯 누워 있는 설백천만 물끄러미 보고 있었다.

갈색 액체 속에 담긴 설백천은 이미 죽어서 썩어가기를 기다리는 몸뚱이 같았다.

고전호는 설백천을 살핀 후 주변을 둘러보았다. 코를 킁킁거려 냄새를 맡거나 벽에 붙은 부적을 유심히 쳐다보기도 했다.

지하실을 두 바퀴 도는 데 근 반 시진이 걸렸다. 도선방은 약물에 잠긴 설백천을 차마 볼 수가 없어서 그저 허공만 응시했다.

"모두 제대로 된 것 같습니다."

"야귀대법에 야료를 부릴 리는 없지. 저들의 목표는 예야후니까."

도선방은 모두가 들을 수 있도록 일부러 목소리를 높였다. 헛기침을 한 서현도인이 다가왔다.

"험! 이왕 말이 나왔으니 얘기인데 동아가 들어 있는 사고님의 몸을 좀 살펴보고 싶소이다만."

"그건 내가 아니라 저기 본인한테 얘기를 해야지."

동아를 보는 서현도인은 망설이는 눈치가 역력했다. 무표정한 듯 보이는 얼굴이지만 그 안에 깃든 아픔과 슬픔은 동아의 온몸을 통해 서리서리 내뿜어지고 있었다.

그래서 서현도인은 감히 다가갈 엄두도 내지 못했다. 하지만 황적심은 달랐다.

드르르륵—

한 손으로 바퀴의자를 굴린 황적심이 동아 옆에서 멈췄다.

"지금 느끼는 감정을 지우고 싶으냐?"

"방법은 찾았어?"

"확실하게."

"물론 그렇게 대답하겠지. 사부는 사고님의 몸을 차지하기 위해서는 무슨 짓이든 할 테니까."

황적심이 웃음을 머금었다.

"사람은 누구나 변하는 법이다."

동아가 고개를 저었다. 긴 머리가 어깨에 부딪쳐 찰랑거렸다.

"세상 모든 사람이 변해도 사부는 변하지 않아. 그건 내가
제일 잘 알아. 하지만 상관없겠지. 사부가 무슨 짓을 하든 변
화는 있을 테니까."

동아의 음성은 괴로움으로 가득 차 있었다. 지금의 고통에
서 벗어날 수 있다면 무슨 짓이든 할 것 같았다.

"지금이라도 네가 원하면 연정의 아픔에서 벗어날 수 있
다."

설백천을 물끄러미 내려다보던 동아가 낮은 음성으로 말
했다.

"지금은 아니야. 설백천이 야귀가 된 후에… 그때 해."

사랑의 고통에서 벗어나고 싶지만 또한 그 사랑하는 사람
을 혼자 둘 수는 없는 이율배반적인 감정에 놓인 동아였다.

"네가 그걸 원한다면 그리해야지. 그동안 난 준비를 더 철
저히 해두마."

바퀴의자를 굴려 동아에게서 멀어진 황적심이 서현도인에
게 다가갔다.

"사형. 상우청(上宇廳)을 좀 빌립시다."

"상우청을? 성봉산(成封山)에 있는 그 상우청 말인가?"

"상우청이 거기 말고 또 있소?"

"그 외진 곳에 있는 상우청에서 대법을 시행할 셈인가? 그

곳은 지하실도 없는데?"

"이 모산파에서 음기가 가장 강한 곳이 상우청이오. 그것
도 모르셨소?"

명현도인이 황적심을 나무랐다.

"장문사형께 무례를 삼가게!"

"괜찮네. 호칭만 사형과 사제일 뿐 모산파와는 인연이 끊
어진 인물이니."

"빌릴 수 있겠소?"

"필요하다니 쓰게 하는 수밖에. 그런데 대법에 필요한 물
품은 있는가?"

황적심은 자신이 앉은 나무의자를 툭툭 두드렸다.

"난 언제나 준비가 철저한 사람이오."

그들의 얘기를 듣고 있던 도선방은 동아에게 갔다. 얼음처
럼 매끄럽던 피부는 까칠해졌고 눈 밑은 검은 기운까지 감돌
았다. 지금 동아가 느끼고 있을 마음의 아픔이 외모에 고스란
히 드러나 있었다.

"가서 좀 쉬는 게 어떠냐?"

"난 괜찮아."

야귀대법의 성패가 결정 날 사흘 후까지 저대로 서 있을 기
세였다. 도선방은 그런 동아의 어깨를 다독여 주려다 애써 손
을 주머니에 넣었다. 괘씸한 아이이기는 하지만 지금 저 모습

은 측은함이 절로 느껴졌다.

도선방은 고전호를 불러 감시를 철저히 하라 시킨 후 지하실을 나왔다. 이제 기다리는 일밖에 남지 않았다.

앞으로의 사흘은 도선방 인생에서 가장 긴 사흘이 될 것이다.

*　　　*　　　*

주작왕은 고전호의 눈을 통해 모든 상황을 볼 수 있었다. 야귀대법을 만드는 과정은 화금강인의 그것과 일맥상통했다.

조금 더 단순하고 위험을 최소화했기에 성공할 확률은 높지만 화금강인처럼 강해질 수는 없는 것이다. 물론 화금강인의 위력은 배교의 홍염술(紅炎術)이 가미됐기에 가능했다.

불을 숭상하는 확실한 색깔을 가진 배교와는 달리 모산파는 다른 도교처럼 두루뭉술했다. 그래서 여러 가지 뛰어난 술법이 가졌음에도 화금강인처럼 인간의 한계를 한참이나 벗어난 괴물을 만들지는 못한 것이다.

예외라면 예야후가 유일했다. 배교의 술법이 지금보다 훨씬 심오해져도 예야후 같은 괴물을 만들기는 힘들었다.

그런 강함에 최상의 외모까지 갖췄으니 주작왕이 욕심을

내는 건 당연했다.

설백천이 야귀로 깨어나는 사흘 후가 주작왕이 예야후의
몸을 차지하는 그날이 될 것이다.

*   *   *

이틀 동안 동아는 물 한 모금 마시지 않은 채 설백천의 곁
을 지켰다. 아마 쪽잠조차 이루지 못했을 것이다.

이틀이나 침식을 전폐한 채 서 있는다는 건 동아에게도 무
리였다. 사흘째가 돼서야 동아는 겨우 지하실을 떠났다. 그것
도 주변 사람들의 성화에 못 이겨 억지로 자리를 뜬 것이다.

.비로소 고전호가 움직일 기회가 생겼다. 물론 주작왕의 조
종을 받아서였고 고전호 자신은 방에서 좋은 꿈을 꾼다고 생
각할 것이다.

고전호는 지하실의 벽에 붙은 부적 뒤쪽에 다시 작은 부적
을 붙였다. 겉의 부적을 떼지 않는 한 보이지 않았다. 부적을
붙이는 동안 고전호의 입에서는 끊임없이 주문이 새나왔다.

부적을 다 붙인 고전호는 설백천이 들어 있는 통 앞에 섰
다. 우두커니 서서 설백천을 내려다보던 고전호가 수결을 맺
었다.

고전호의 뱃속에 심어놓은 천지인화(天地人火)의 기운을

끌어 올려 화합케 하는 수결이었다.

어지러운 손놀림이 반각 정도 이어진 후 고전호의 허리가 숙여졌다.

"우웩!"

고전호의 입에서 노란 액체가 토해졌다. 그 액체는 설백천이 잠긴 약물에 떨어져 둥근 파문을 일으켰다.

뭉게구름처럼 퍼진 노란 액체는 곧 갈색에 섞여 흔적을 감췄다. 한 바가지의 물을 토한 고전호는 아무 일 없었다는 듯 무표정한 얼굴을 하고 자신의 거처로 돌아갔다.

음모의 밤이 지나고 운명의 날이 다가왔다.

*　　　*　　　*

지하실은 침묵에 잠겨 있었다. 아홉 명이나 자리했지만 작은 숨소리조차 들리지 않았다. 나무통 주변에 빙 둘러선 그들은 이제 곧 약물 밖으로 나올 설백천만 내려다보고 있었다.

붕대가 감기지 않은 곳의 피부는 어느새 야귀의 그것처럼 검게 변해 있었다. 아마 온몸이 저러할 것이다. 비로소 설백천이 야귀가 되었다는 걸 실감할 수 있었다.

이제 문제는 설백천이 야귀처럼 자유롭게 움직일 수 있느냐 하는 것이다.

야귀가 되었는데 화상 입은 몸 그대로 제 기능을 못 한다면 상상하기도 끔찍한 불행이다.

"이제 시간이 되었소."

서현도인의 낮은 음성에 동아의 어깨가 움찔 떨렸다. 지금 이 공간에서 가장 떨리는 사람은 아마 동아일 것이다.

"내가 하지."

심호흡을 한 동아는 허리를 숙여 설백천을 꺼냈다. 검은색으로 변한 약물이 피처럼 후두둑 떨어졌다.

뻣뻣해진 설백천은 동아가 들어 올려도 몸이 휘지 않았다. 그 모습이 너무 이상해 도선방이 물었다.

"저게 제대로 된 모습인가?"

"처음엔 모두 저렇소. 주인이 생명을 불어넣어야 비로소 진정한 야귀가 되는 것이오."

서현도인은 지하실 중앙 바닥에 두 장의 부적을 붙였다.

"여기에 세우십시오."

동아는 부적에 설백천의 발바닥을 맞춰 세웠다. 신기하게 넘어지지 않았다.

"혈우권의 한 자 앞에 서십시오."

예야후 안에 든 사람은 동아지만 서현도인은 여전히 공손하게 말했다. 동아가 자리를 잡자 서현도인이 말했다.

"모두 혈우권 뒤로 오십시오. 눈을 떴을 때 보이는 사람은 사고님뿐이어야 합니다."

동아를 뺀 전원이 서현도인의 등을 보고 섰다. 설백천 바로
뒤에 선 서현도인은 합장하는 자세를 잠시 보이더니 이내 수
결을 맺기 시작했다.

뭐라고 중얼거리며 주문을 외우는데 알아들을 수는 없었
다. 한참을 어지럽게 손을 놀리던 서현도인이 양팔을 쭉 뻗으
며 일갈했다.

"통(通)!"

서현도인의 손바닥이 설백천의 등을 격하게 때렸다. 그 순
간 입과 코를 막고 있던 천이 튀어나왔다. 뒤에 선 사람들은
검은색으로 변한 천이 바닥에 떨어지는 것밖에 보지 못했다.

설백천은 여전히 미동도 하지 않았고 잔뜩 굳은 동아의 표
정에도 변화가 없었다.

궁금증이 극에 달한 도선방이 낮은 목소리로 물었다.

"아직 앞으로 가면 안 되는 건가?"

서현도인 대신 대답하는 고전호의 음성도 낮았다.

"조금 더 기다리십시오. 깨어나는 데 시간이 걸릴 수도 있
습니다."

아주 길게 느껴지는 침묵의 시간이 이어지다 어느 순간 설
백천의 몸이 부르르 떨렸다. 설백천에게 일어난 반응이야 어
떻든 그리 이상할 건 없었다.

그런데 이상한 일은 동아에게 일어났다.

멀쩡하게 서 있던 동아가 갑자기 힘없이 쓰러졌다. 모두의 어깨가 움찔 떨렸고 시선은 서현도인과 황적심, 고전호에게로 모아졌다.

"저것도 정상적인 건가?"

서현도인이 고개를 저었다.

"저럴 리가 없는데……."

황적심이 앞으로 가기 위해 바퀴에 손을 얹고 서현도인과 고전호가 막 걸음을 옮기려고 할 때 쓰러졌던 동아가 깨어났다.

머리가 아픈 듯 관자놀이를 손가락으로 누른 동아는 인상을 쓰며 일어섰다.

"왜 그러느냐?"

황적심의 물음에 동아는 뭔가 생각하는 표정을 짓더니 대답했다.

"괜찮아요. 그냥 잠시 어지러웠을 뿐이에요."

동아의 시선은 곧 설백천에게 고정되었다. 뒤에 선 사람들은 함부로 움직이지도 못한 채 마른침만 삼키고 있었다.

긴장한 표정이 역력한 동아가 입술을 뗐다.

"내게로 와."

화르륵—!

설백천의 발밑에서 이는 불길은 바닥에 붙여둔 부적이 타는 것이었다.

마치 목각인형 같았다. 설백천은 그렇게 왼쪽 다리를 뗐다. 실제로 관절에서 끼이익 하는 소리가 나기도 했다.

설백천은 부자연스러운 몸짓으로 동아를 향해 다가갔다. 그 모습만으로 몇몇은 안도의 한숨을 쉬었다. 화상이 극심했을 때는 저렇게 걷지조차 못했으니 말이다.

동아는 한 자 앞에 선 설백천을 올려다보다가 천천히 손을 올렸다. 붕대가 감긴 설백천의 얼굴을 쓰다듬는 손가락이 가늘게 떨렸다.

동아는 피부에 달라붙은 붕대를 떼어내기 위해 손가락을 꼼지락거렸다. 아교로 붙여놓은 것처럼 붕대는 쉽게 떨어지지 않았다.

양손을 모두 이용해서야 겨우 붕대의 끝을 잡을 수 있었다. 지하실에 있는 사람들은 동아가 하는 양을 침묵 속에서 지켜봤다.

찌이익─!

달라붙은 붕대가 떨어지며 옅은 소리를 냈다. 어금니를 절로 다물게 만드는 듣기 거북한 소리가 계속해서 울렸다.

이윽고 설백천의 얼굴을 감고 있던 붕대가 모두 벗겨졌다. 뒷모습뿐이었지만 도선방은 내심 다행이라 여겼다. 머리칼이 모두 타고 뒤통수에까지 끔찍한 화상으로 덮여 있었는데, 지금은 검은 칠을 해놓은 쇠처럼 반질거렸다.

뒤통수가 저러니 다른 부분도 비슷할 것이다. 입술을 굳게 다문 동아가 설백천의 볼을 쓰다듬었다. 그러다 나머지 붕대도 풀기 시작했다.

드러나는 어깨와 등 또한 뒤통수와 그리 다르지 않았다. 진물까지 흐르던 상처는 온데간데없고 검은색의 강철 같은 피부만 그곳에 자리했다.

동아는 설백천의 가슴을 쓰다듬으며 중얼거렸다.

"다행이다. 다행이야."

검은 피부를 대가로 겉의 상처가 아물기는 했으나 완전히 안심할 수는 없었다.

"움직이게 해봐라."

동아에게 다가가는 첫걸음은 불안하기 그지없었다. 단지 그 정도의 움직임만 보인다면 달가운 일은 아니었다.

"나가자."

동아가 앞장을 서자 설백천이 삐거덕거리는 인형처럼 불안하게 뒤를 따랐다. 그렇게 처음으로 옆면을 보인 설백천은 예전의 얼굴로 돌아와 있었다.

숱한 전투에서 얻은 흉터조차 말끔하게 사라진, 어머니의 뱃속에 갓 나온 아이처럼 깨끗한 검은 피부였다.

유재영이 서현도인에게 물었다.

"저렇게 움직이는 게 정상이오?"

"처음에는 부자연스러울 수밖에 없소이다. 시간이 지나면 차차 나아질 것이오."

"확실한가?"

도선방은 의심 가득한 눈초리로 서현도인을 보다가 그 눈길 그대로 황적심을 봤다. 황적심이 한 차례 헛기침을 한 후 말했다.

"험! 야귀대법은 피부뿐 아니라 뼈와 혈관까지 돌덩이처럼 단단하게 하는 대법이오. 몸이 적응하는 데 시간이 걸리는 건 당연한 것 아니겠소?"

"당연하긴 뭐가 당연해! 저런 대법 자체가 자연을 역행하는 것인데!"

"그 대법 때문에 설백천이 살아난 것 아니오?"

도선방은 황적심의 뒤통수를 눈알이 튀어나올 만큼 세게 때렸다.

"남의 명령에 꼭두각시처럼 움직이는 게 살아 있다는 것이냐! 이 후레자식아!"

황적심에게 화풀이를 한 도선방은 지하실을 나갔다. 동아는 설백천을 데리고 마당을 돌고 있었다.

나란히 선 그들에게 대화란 있을 수 없었지만 동아의 입가에는 미소가 그려져 있었다. 설백천이 살아서 저처럼 움직일 수 있다는 자체가 기쁜 모양이다.

설백천은 움직일수록 걷는 모습이 자연스러워졌다. 모두들 지켜보는 이각 동안 설백천의 걸음은 평범하게 변했다.

"한번 달려볼까?"

동아의 물음에 한참 동안 입술을 달싹이던 설백천이 어려운 대답을 내놓았다.

"네."

예전 설백천의 목소리보다 훨씬 낮고 탁했다.

"이제 장소를 옮겨서 네 마음속에 있는……!"

황적심의 말은 무시당했다. 동아가 몸을 날리자 설백천이 그 뒤를 바짝 따라붙었다. 두 사람은 곧 그들의 시야에서 사라졌다.

"제멋대로군."

투덜거린 황적심이 서현도인에게 말했다.

"우린 먼저 상우청으로 가 있는 게 좋겠소. 동아가 돌아오면 즉시 대법을 시행할 수 있게 말이오."

"알았네. 한 시진만 기다리게. 나도 준비를 해야 할 테니."

황적심이 비꼬는 투로 말했다.

"마음대로 준비해 보시오."

서현도인은 그런 황적심에게 비웃음을 날린 후 총총걸음

으로 사라졌다. 두 사람 모두 자신의 승리를 자신하는 눈치였
다.

　도선방은 고전호를 사람들 눈에 띄지 않는 곳으로 데려갔
다.

　"서현과 황적심이 무슨 꿍꿍이 같으냐?"

　"아마 둘 모두 예야후에게 들어가 그녀의 몸을 빼앗으려고
할 것입니다."

　도선방의 얼굴에는 이해하지 못하겠다는 표정이 떠올랐
다.

　"그들이 예야후의 몸을 빼앗는다고?"

　"네."

　"그럼 원래 자기들 몸은?"

　"정신이 빠져나간 몸은 죽을 수밖에 없겠지요."

　도선방은 뜨악한 얼굴이 되었다.

　"사내자식들이 여자의 몸이 되겠다고 저 염병을 하고 있다
는 것이냐?"

　"말하자면 그렇지요."

　"이런 미친놈들!"

　"예야후 정도의 신체라면 남자라고 해도 욕심낼 만하지
요."

　"그걸 말이라고 하느냐? 사내새끼들이 어찌……! 황적심은

비참한 신세니 그렇다 치고 서현 그 말코 도사까지 그렇단 말이지?'

"서현도인도 똥줄이 타는 것이겠지요. 예야후가 없으면 모산파가 예전의 쇄락한 그때로 돌아가야 하는데, 그것만은 어떻게든 막고 싶지 않겠습니까?"

도선방이 아무리 하오문을 부흥시키고 싶어도 여자가 되는 길을 택하지 않을 테니 서현도인을 이해할 수 없었다.

"일이 그렇게 돌아간다 치고, 네가 막을 수는 있겠느냐?"

"그들이 예야후의 정신 속으로 들어가는 걸 막는 건 사실 어렵지 않습니다. 대법이 펼쳐지고 있는 걸 지켜보고 있으니까요. 하지만 그들이 예야후 안으로 들어가지 못하면 동아를 몰아내고 예야후가 자신의 몸을 찾을 길 또한 없습니다."

골치가 지끈거릴 정도로 복잡한 대법이었다.

"그 둘이 예야후 안으로 들어가서 동아와 싸운다는 건데, 결국 최후의 승자가 예야후의 몸을 차지한다는 거지?"

"일단 계획은 그렇지요."

"그럼 어디 있는지도 모르는 예야후의 정신은? 그 정신을 제대로 돌려놓아야 비로소 예야후가 되는 것 아니냐?"

"그래서 저도 들어가려 하는 것입니다."

"네가?"

"저들이 동아와 싸우고 있는 사이 전 예야후를 찾아서 깨워야지요."

"그리할 수 있겠느냐?"

"애초에 저들이 예야후에게 들어가는 걸 막을 게 아니라면 그 방법밖에 없잖습니까?"

도선방이 걱정스런 얼굴로 물었다.

"예야후를 찾아 깨우는 것도 문제지만 네가 무사히 빠져나올 수는 있겠느냐?"

"솔직히 한 번도 경험해 보지 못한 영역이라 자신할 수는 없습니다."

"못 빠져나오면 어떻게 되는 것이냐?"

고전호가 고개를 저었다.

"그 또한 모르겠습니다."

"네게는 너무 큰 모험이로구나."

"해야 할 일이니 해야지요."

"네 준비는 되어 있느냐?"

"황적심의 준비가 제 준비나 마찬가지입니다. 전 부적만 가지고 있으면 됩니다."

"알았다. 부디 조심해라. 그런데 동아는 백천이를 데리고 어딜 간 거야?"

*　　　*　　　*

설백천의 입술은 부드러웠으나 강철의 그것처럼 차가웠다. 그럼에도 난생처음 하는 입맞춤은 동아의 심장을 가슴 밖으로 튀어나오게 할 만큼 요동치게 만들었다.

아무도 없는 울창한 숲 속 한가운데서 의지 없이 우두커니 서 있는 설백천의 입술을 탐하는 것이 부끄럽기는 했지만 내부에서 치솟는 욕망을 참을 수가 없었다.

이러면 안 된다는 건 안다. 겉만 예야후일 뿐 본래의 자신은 동아라는 걸 잊어서는 안 된다.

그러나 다른 것은 다 되도 설백천에 대한 사랑만은 동아도 어쩔 수가 없었다. 예야후가 가졌던 이 강렬한 감정은 고스란히 동아에게 전이되어서 떨칠 수 없는 악몽이 되었다.

동아는 설백천의 볼을 가볍게 쓰다듬으며 중얼거렸다.

"이 감정도 오늘로서 마지막이겠지. 알아. 저들이 너에 대한 내 감정을 없애려는 목적은 전혀 없음을. 하지만 난 어떻게든 내 것이 아닌 이 감정을 버릴 거야. 그래서 널 죽이고 잊을 거야."

설백천을 죽인다는 말을 뱉는 것만으로 가슴에서 울컥 슬픔이 치솟았다. 그에 대한 사랑을 지우고 싶으면서도 버리기 안타까운 감정이 동시에 동아를 지배했다.

동아는 다시 한 번 설백천에게 입맞춤을 했다.

"안녕. 내 사랑."

*   *   *

벽에 이백서른두 장의 부적이 붙여졌다. 황적심과 서현도인, 거기에 고전호까지 서로의 목적을 위해 부적으로 벽면을 빼곡하게 채웠다.

그들이 부적을 붙이는 사이 네 개의 통나무 욕조에는 뜨거운 물이 부어졌다. 중앙에 동아가 들어갈 욕조를 둘러싸고 나머지 세 개가 놓인 형태였다.

외형은 야귀를 만드는 과정과 비슷했다.

세 명은 침묵 속에서 수백 번 연습을 한 것처럼 일사분란하게 준비를 했고 도선방과 유재영은 그 모습을 지켜보고 있다.

"우린 완전 까막눈이군."

도선방의 말에 유재영이 씁쓸한 웃음을 지었다.

"우리야 만일의 일에 대비한 잉여 인력이지요."

"그 만일의 일이란 것도 도저히 종잡을 수가 없으니 대비를 어찌해야 할지 모르겠군."

"문주님이야 임기응변의 대가가 아니십니까?"

도선방이 고개를 저었다.

"나도 옛날 같지 않아. 백천이에게 문주 자리 물려주고 유유자적해야 하는데 이 나이 되도록 이게 무슨 고생인지. 에휴—!'

도선방의 한숨을 받은 자잘한 먼지가 어지럽게 햇볕 속을 부유했다.

부적을 모두 붙인 서현도인이 두꺼운 검은 천으로 햇볕이 들어오는 창문을 막았다.

"누가 볼까 겁나나?'

"양기를 차단하는 겁니다."

서현도인은 자꾸 문을 힐끔거렸다. 행여 설백천과 동아가 나타나지 않을까 봐 걱정스러운 표정이었다.

물이 미지근하게 식어갈 무렵 기척이 들리더니 설백천과 동아가 돌아왔다.

두 사람은 모두의 시선을 받으며 욕조가 있는 곳으로 걸어왔다. 옅은 김이 물안개처럼 피어오르는 수면을 물끄러미 응시하던 동아가 말했다.

"내가 할 일은 여기에 들어가는 것뿐인가?'

독백 같은 질문에 황적심이 대답했다.

"너 또한 설백천처럼 가사 상태에 빠지게 될 것이다. 이 욕조 안에 들어가는 다른 사람들도 마찬가지고."

"알았어. 그런데……."

동아의 눈길이 설백천에게 머물렀다. 무슨 말인가를 하려는 듯 입술을 달싹이던 동아가 엷은 한숨을 쉬었다.

"이젠 내가 상관할 바가 아니지."

만약 동아의 정신이 사라지고 예야후가 제자리로 돌아오지 못한다면 어떻게 될까? 황적심과 서현도인 둘 중 한 명이 예야후의 육체를 차지하게 될 텐데, 그때도 설백천은 예야후의 육체를 따를까?

생각하기도 싫은 결과기에 도선방 또한 애써 묻지 않았다. 동아도 아마 그걸 걱정하는 것이리라.

'그저 자신만만한 줄 알았더니 역시 걱정은 하고 있는 것인가?'

동아가 옷고름을 풀더니 외투를 훌러덩 벗었다. 깜짝 놀란 서현도인이 동아를 만류했다.

"그냥 옷 입고 들어가셔도 됩니다."

"그래?"

심호흡을 한 동아는 설백천에게 말했다.

"저기 구석에 가서 꼼짝 말고 서 있어."

말 잘 듣는 아이처럼 설백천은 동아의 말대로 벽과 벽이 만나는 지점으로 가서 뻣뻣한 자세로 빈 허공만 응시했다. 만약 일이 잘못되어 황적심이나 서현도인이 육체를 차지하게 되고, 설백천이 두 사람의 명령을 따르지 않을 경우 어쩌면 저

곳에서 저렇게 죽을 때까지 서 있을지도 모른다.

예야후는 아무 두려움 없이 물속으로 들어갔다.

"자… 잠깐만!"

서현도인과 황적심이 황급히 예야후를 불렀다.

"먼저 이 약을 먹은 다음에……."

두 사람이 동시에 엄지손톱 크기의 검은색 환을 내밀었다.
동아는 주저 없이 두 개의 환을 입에 털어 넣었다.

"내 것도."

고전호의 것까지 모두 먹은 동아가 물었다.

"이제 다 끝난 거죠?"

오히려 동아가 더 서두르는 것 같았다. 예야후의 몸에서 추
방당해 영원히 소멸될 수 있는데도 저 같은 모습을 보이는 것
은, 지금의 현실이 그만큼 견디기 힘들다는 뜻이다.

큰 숨을 들이쉰 예야후가 눈을 감고 물속으로 들어갔다.
옅은 황색의 물에 풀어헤쳐진 긴 머리칼이 해초처럼 흔들렸
다.

코에서 몇 방울 올라오는 거품이 사라진 후 아무 움직임도
보이지 않았다. 설백천이 들어갔을 때와 비슷한 모습이었다.

황적심이 품에서 붉은 실을 꺼내 동아가 들어간 욕조에 담
그더니 유재영에게 말했다.

"나 좀 집어넣어 주겠소?"

유재영은 황적심을 얌전히 욕조 안에 넣어주었다. 동아에게 주었던 것과 같은 크기와 색깔을 가진 환을 삼킨 황적심이 붉은 실을 입에 물며 서현도인에게 말했다.

"사형. 다치지 않게 조심하시오."

서현도인이 욕조 안으로 들어가며 대꾸했다.

"내가 하고 싶은 말일세."

비웃음을 머금은 황적심이 물속으로 완전히 들어갔다. 서현도인 또한 붉은 실을 동아의 욕조와 연결시킨 후 환을 먹고 수면 아래로 모습을 감췄다.

도선방이 욕조에 발을 담그는 고전호에게 말했다.

"조심해라. 그리고 꼭 성공해야 한다."

"최선을 다하겠습니다."

그렇게 마지막 고전호까지 수면 아래로 들어가자 방안은 적막함으로 뒤덮였다.

방구석에서 미동도 않고 서 있는 설백천을 보며 허일한이 중얼거렸다.

"지루한 시간이 되겠군."

*　　　*　　　*

어둠이 덮인 것은 아주 긴 잠을 잔 후 같기도 하고 눈을 질

끈 감았다가 뜬 것처럼 찰나에 일어난 일 같기도 했다.

황적심은 그렇게 어둠 속으로 던져졌다. 눈 바로 앞에 댄 오른손조차 보이지 않을 정도의 짙은 어둠이었다.

그러다가 이상한 기분이 들어 왼손을 움직여 보았다. 꿈속에서나 붙어 있던 왼팔이 움직이는 게 느껴졌다.

황적심은 왼손으로 슬그머니 허벅지를 문질렀다. 현실에서처럼 손에서 감각이 전해졌다. 왼손은 다시 허벅지 아래로 내려갔다.

잘려 있어야 할 무릎이며 정강이를 손이 쓰다듬는 게 생생하게 전해졌다.

"흐흐흐흐……."

절로 웃음이 나왔다. 비록 이곳이 현실이 아닌 예야후의 정신 속 알 수 없는 곳이었지만 잃어버린 팔다리를 다시 느낄 수 있다는 사실만으로 기쁘기 그지없었다.

황적심은 왼손을 들어 정신을 집중시켰다. 그러자 왼손에서 희미한 빛이 새나오더니 이내 주변을 환히 밝힐 수 있을 정도로 빛났다.

이곳은 예야후가 몸을 담고 있는 현실이면서 또한 환상의 공간이다. 그래서 황적심이 꿈에서나 이룰 수 있는 것들을 어렵잖게 실현할 수 있었다.

물론 한계가 없는 건 아니었다. 손에서 빛을 내 주변을 밝힐 수는 있지만 어둠을 완전히 밀어낼 수는 없어서 그 한계는 고작 일 장뿐이다. 걸음을 옮기려던 황적심은 이내 자신이 허공에 떠 있다는 걸 깨달았다.

이곳은 땅과 하늘의 경계가 없는 곳이다. 그래서 두려움이 슬그머니 고개를 들었다.

광활한 밤하늘 같은 이곳은 누구에게나 미지의 공간이었다. 예야후의 육체를 얻어낼 탐욕으로 발을 들여놓았지만 황적심 또한 정신 내면의 세계에 대해서는 문외한이나 마찬가지다.

이곳이 얼마나 넓은지, 어디를 가야 동아가 웅크리고 있는 공간이 나오는지 알지 못했다.

그래도 한 가닥 마음이 놓이는 것은 그가 상상했던 모습과 크게 다르지 않다는 점이다.

오색찬란한 빛 무리가 반짝였다면 오히려 더 당황했을 것이다.

완전한 어둠이 덮여 있는 곳이지만 그래도 황적심을 눈을 감았다. 그리고 정신을 한곳으로 보아 기감을 최대한 넓혔다.

막막한 이곳을 무작정 헤매는 건 시간을 낭비하는 짓이다. 일단 뭔가를 느껴 잡아내는 것이 급선무다.

하지만 일각의 시간 동안 아무것도 느낄 수가 없었다. 실제로 현실에서 일각이 흘렀는지 모르지만 감각의 시간은 그랬다.

황적심은 일단 움직이기로 했다. 몸을 허우적거리자 조금씩 앞으로 나아갔다. 마치 수중에서 버둥대는 것 같았다.

열심히 팔을 젓자 조금씩 움직이는 요령이 생겼다. 황적심의 습득력이 빠른 것인지 원래 그런 것인지 알 수 없으나 이내 놀라울 정도로 자유롭게 움직일 수 있었다.

그냥 움직이는 정도가 아니라 하늘을 나는 것과 같았다. 팔을 양쪽으로 벌렸다가 뒤로 저으며 앞으로 쭉쭉 뻗어 나갔다.

그렇게 한참을 이동했지만 여전히 주변은 칠흑 같은 어둠 그대로였다. 문득 이대로 어둠의 덫에 갇혀 빠져나가지 못하는 것 아닌가 하는 걱정이 들었다.

움직임을 멈춘 황적심은 다시 눈을 감고 기감을 열었다. 한참 그렇게 집중을 하다가 실망감을 느낄 무렵 무언가 느껴졌다.

난생처음 느끼는 감이었으나 다른 '누군가'라는 걸 절로 알 수 있었다.

'누굴까?'

내심 동아는 아니기를 바랐다. 동아는 이미 이 세계에 완전히 적응을 한 상태고 자신은 첫 발을 들여놓았다.

그러니 지금은 동아가 그보다 유리할 수밖에 없었다. 동아는 조금 더 적응을 한 후에 만나는 것이 좋다.

지금 느껴지는 자가 서현도인이나 고전호라면 싸워서 죽일 자신이 있었다. 황적심은 조심스럽게 느껴지는 자를 향해 다가갔다.

第四十四章

검은 바다에서의 사투

야수왕

느낌이 점점 강해졌으나 가까워지는 사람이 누군지는 여전히 오리무중이었다. 아마 어둠 속의 저자도 자신을 느끼고 있을 것이다.

거리가 더 가까워졌을 때 동아가 아니라는 것은 분명하게 알 수 있었다. 동아가 지금 가까워지는 자처럼 어색하게 움직일 리가 없었다.

일단 안심을 한 황적심은 나아가는 속도를 더 빨리했다. 현실의 거리로 환산한다면 십 장 안쪽까지 가까워졌다.

그 거리로 근접하자 비로소 상대가 누군지 기감만으로 알 수 있었다.

고전호다.

'사형보다 쉬운 상대로군.'

정신의 공간에서 현실의 육체적 무력은 무용지물이다. 정신력이 얼마나 강한지, 그래서 술법을 제대로 쓸 수 있는지 그것이 강함을 정하는 기준이 된다.

고전호의 술법은 황적심에 비하면 걸음마 단계에 불과하다. 이 공간에서 중심이나 잡고 있는 단계라는 건 적응력 또한 형편없다는 걸 의미한다.

황적심은 왼손에 불을 밝혔다. 순백의 빛은 처음보다 훨씬 멀리까지 비춰져서 오 장 저쪽에 있는 고전호에게까지 미쳤다.

그를 발견한 고전호가 얼어붙었다. 황적심이 입가에 웃음이 그려졌다.

"참 좋은 곳이지? 이렇게 날아다닐 수도 있고 말이야."

황적심은 고전호 주변을 한 바퀴 원을 그려 돌았다.

"이곳에 오래 있었던 것처럼 자유롭게 움직이는군요."

"나야 원래 적응력이 좋은 사람이니까. 자네는 아직 불편한 것 같군."

"저도 많이 좋아졌습니다."

"그래? 그럼 한번 어울려 볼까?"

"어울려 본다는 게… 설마 싸움을 말하는 건 아니겠지요?"

"자네 무림인 아닌가? 무림인에게 비무는 흔한 일이지."

고전호는 양손을 흔들었다.

"전 무림인이 아니라 책상물림에 불과합니다."

"하오문이면 무림에 속한 단체이니 무공을 익혔건 아니건 무림인임에는 분명하지."

"그보다 우리에게는 할 일이 있잖습니까?"

"이게 내가 할 일이야. 자네와 사형을 죽이고 동아까지 처치하면 비로소 이 몸은 내 것이 되는 거지."

고전호의 얼굴이 딱딱하게 굳었다.

"왜 굳이 날 죽이려는지 모르겠군요."

"이 안에서 나 외에는 모두 적이야. 그걸 모를 정도로 멍청한 건가?"

"좋소. 당신 말대로 모두가 적이라고 합시다. 그 적들을 모두 죽이면 예야후의 몸을 절로 차지할 수 있소? 방법이나 알고 살생을 하려는 것이오?"

황적심은 칠흑 같은 어둠을 가리켰다.

"넌 이곳이 두렵지?"

"두렵소. 저곳에 무엇이 기다리고 있는지 모르는 것이 두렵고, 더 두려운 것은 여기가 얼마나 넓은지 알 수가 없다는 것이오. 어딘가에 예야후를 조종할 수 있는 열쇠가 있겠지만

이 광활한 곳에서 그걸 어찌 찾는단 말이오?"

"그래서 네가 그냥 겁쟁이인 것이다. 네가 이곳을 광활하다고 믿는 것은 이 어둠 때문이다. 이곳이 밤하늘처럼 넓다면 너와 내가 만날 수 있었겠느냐? 십 년을 헤매도 너와 난 마주칠 수 없었을 것이다. 즉 인간의 정신은 그리 넓지 않다는 거지. 돌아다니다 보면 찾게 될 게 분명하다."

"뭘 찾는지도 모르면서 무작정 헤매겠다니. 참 훌륭한 계획이군요."

"발견하게 되면 절로 알게 될 것이다. 이제 충분히 시간을 허비한 것 같으니 넌 그만 사라져 줘야겠다."

황적심은 가슴 앞에 양손을 모은 후 마음속으로 부적 한 장을 그렸다. 그러자 맞댄 손바닥에서 빛이 났다.

벌어진 손바닥 사이에 붉은 글씨가 새겨진 투명한 부적이 나타났다. 황적심이 원하는 모습 그대로였다.

"흐흐흐… 이곳은 정말 내게 딱 맞는 그런 곳이로구나."

육체도 제 모습을 찾았을 뿐 아니라 마음먹은 것이라면 무엇이든 할 수 있었다. 이보다 더 좋은 곳이 세상에 어디 있겠는가?

더구나 외부로 연결되는 육체는 더 이상 완벽할 수 없는 최상의 것이다. 단지 육체가 여자라는 게 흠이지만 황적심이 어찌할 수 있는 문제가 아니니 감수해야 한다.

오른쪽 손바닥을 펴서 위로 향하자 부적이 그 위에서 너울 너울 춤을 췄다.

"넌 이런 걸 할 수 있느냐?"

고전호는 긴장한 얼굴로 입만 굳게 다물고 있었다. 녀석을 어서 죽이고 다음 목표를 찾아야 한다. 지금 기분 같아서는 동아도 이길 수 있을 것 같았다.

"천지합일정(天地合一精)!"

부적이 고전호를 향해 쏘아져 갔다.

*　　　*　　　*

서현도인은 허공을 빠르게 날고 있었다. 주변이 푸른 창공 이었으면 기분이 더없이 좋았겠지만 지금은 불안함이 더 컸 다.

얼마나 그렇게 이동했는지 모른다. 빛 한 점 없는 검은 공 간은 영원히 끝날 것 같지 않았다.

'이대로 예야후의 정신 안에서 말라죽지 않을까?'라는 걱 정이 극에 달할 무렵 뭔가가 느껴졌다.

그의 기감에 걸린 것은 다른 존재였다. 이곳에 들어와 처음 으로 느낀 타인이었다.

모두가 적이라고 할 수 있지만 누군가를 찾았다는 것만으로 기뻤다. 그래서 서현도인은 그 방향으로 빠르게 날아갔다.

둘 사이가 점점 가까워지는데 상대는 움직이는 게 느껴지지 않았다.

'누굴까?'

아직 적응을 못해서 공간에 몸을 맡긴 채 부유하고 있다면 고전호일 가능성이 높다. 그가 이처럼 자유자재로 날아다니는데 황적심이 그리 못할 리가 없었다.

충분히 가까워졌다고 생각되었을 때 손에서 나오는 빛을 최대한 밝게 했다. 허공에 둥둥 떠 있는 '그'를 본 서현도인은 깜짝 놀랐다.

"서… 설백천!"

인간이었을 때가 아닌 야귀로 변한 후의 모습으로 설백천은 자리해 있었다.

눈을 꼭 감고 양팔은 옆구리에 붙인 자세였다. 야귀로 변하면 주인의 몸 안에까지 들어와 저렇게 잡혀 있는 걸까?

설백천 주변을 두 바퀴 돌아 살핀 서현도인은 혀를 찼다.

"너도 참 불쌍한 중생이로구나."

도호를 한 차례 읊어준 서현도인이 몸을 돌릴 때였다.

"그냥 가려고?"

화들짝 놀란 서현도인은 황급히 설백천을 봤다. 여전히 같은 모습이다.

"누구냐!"

설백천은 아니다. 그가 들은 목소리는 분명 여자의 것이었다. 하지만 빛이 비치는 공간 안에 있는 사람은 설백천과 자신뿐이었다. 그런데 방금 전 여인의 목소리는 무척이나 가까운 거리에서 들렸다.

고요함만이 흐르자 환청을 들은 게 아닌가 하는 생각이 들었다. 여전히 마음의 찜찜함을 품은 채 다시 돌아설 때 또 같은 목소리가 들렸다.

"멍청한 도사."

환청은 절대 아닐뿐더러 분명 설백천에게서 나온 소리였다. 서현도인은 즉시 손에서 부적을 만들어내며 소리쳤다.

"어떤 요사한 계집이냐!"

찌지직—!

설백천의 몸에 거미줄 같은 금이 가기 시작했다. 서현도인은 뒤로 물러서며 언제든 부적을 날릴 수 있도록 준비했다.

가늘게 이어진 금 사이로 하얀빛이 새나오기 시작했다. 그리고 어느 순간 설백천이 산산조각으로 깨졌다. 자잘한 파편으로 흩어진 설백천은 어둠의 바다 저편으로 사라졌다.

그리고 설백천의 외피를 깨고 나온 자가 모습을 드러냈다.

길에서 스치면 다시 한 번 뒤를 돌아보게 만들 정도의 미인이었다. 서른쯤 되어 보이는 그 여인은 서현도인의 기억 속에 없는 낯선 인물이다.

"누구냐?"

여인이 활짝 웃었다.

"모산파의 장문인이 참 못났다는 얘기는 많이 들었는데 실제로 보니 소문이 괜히 전해진 것이 아니로군."

저처럼 젊은, 그것도 일면식조차 없는 여인에게 듣기에는 너무 모욕적인 말이었다.

"내 모산파의 장문인 신분을 떠나서도 장유유서가 엄연히 존재하거늘! 예의를 갖추어라!"

여인의 웃음이 짙어졌다.

"내가 누군지 정녕 모르겠단 말이더냐?"

서현도인은 꿀 먹은 벙어리일 수밖에 없었다.

"하긴. 오직 모산파밖에 모르는 청맹과니 같은 자이니 모를 수밖에. 아무리 귀가 어두워도 배교는 알고 있겠지?"

서현도인은 멈이 뒤로 휘청일 정도로 놀랐다.

"배… 배교라고? 네가 배교의 인물이란 말이냐?"

"이 정도 얘기해 줬으면 내가 누군지 눈치채야지."

맞다. 서현도인이 배교에 대해 그 정도의 지식도 없는 문외한은 아니었다.

"배교의 사천왕 중 한 명인 주작왕… 그대가 정녕 주작왕이오?"

"그래도 아주 무식하지는 않구나."

서현도인의 입에서 절로 신음이 새나왔다. 올해 나이가 아흔에 가깝지만 젊은 남자의 양기를 빨아들이는 요사한 사술로 젊음을 유지하고 있는 주작왕의 얘기는 익히 들어 알고 있었다.

"다… 당신이 어찌 이곳에 있단 말이오?"

"배교의 빛은 세상에 비추지 않는 곳이 없느니라. 설사 사람의 마음속이라 할지라도."

교도들에게 할 법한 헛소리였다.

"호호호!"

갑자기 웃음을 터트린 주작왕이 손을 휘휘 저었다.

"내가 생각해도 낯간지러운 얘기로구나. 세월의 힘은 인간의 육체가 견디기에는 너무 강하지. 내 비록 뛰어난 술법으로 젊음을 유지하고 있지만 한순간에 무너질 수 있을 정도로 위태로워졌느니라."

"결국 당신 목적도 사고님의 육체를 탈취하는 것이오?"

"세상에 이 이상 완벽한 몸이 어디 있단 말이냐? 이런 몸을 너희 같은 시커먼 남자 놈들에게 준다는 건 죄악이지. 여자는 여자의 것으로 놔두어야 하지 않겠느냐?"

"당치않은 소리 하지 마시오! 사고님은 모산파의 소중한 재산이오!"

"쯧쯧쯧……. 사람을 재산으로 여기는 너 같은 자가 어찌 이 귀한 몸을 가질 자격이 있단 말이냐?"

"쓸데없는 소리 지껄이지 말고 여기서 썩 꺼지시오!"

"내 스스로 나갈 생각은 없고… 네게 날 쫓아낼 능력이 있느냐?"

"흥! 밖에서는 어떨지 모르나 이곳은 현실세계와는 전혀 다르오!"

서현도인의 손에 붙은 투명한 부적이 더욱 선명하게 빛을 발했다.

"이 안에서 술법을 쓸 수 있는 사람이 너만은 아니다."

우웅―!

가슴 앞에 모은 주작왕의 양쪽 손바닥 사이에서 옅은 울림이 들리더니 서서히 빛이 뿜어져 나왔다. 그 빛은 설사 태양 아래서 빛난다고 해도 눈을 부시게 할 정도로 환해 서현도인은 고개를 돌려야 했다.

"너희 모산파가 서귀미혼대법을 창조하기는 했으나 결국 배교가 원래의 것을 뛰어넘었다. 이것을 보고 청출어람(靑出於藍)이라고 하겠지. 인간의 정신에 대해서는 우리 배교가 모산파를 훨씬 앞질렀느니라. 현실에서조차 내 발뒤꿈치에도 미치지 못하는 네가 인간의 정신 안에서 큰소리를 치다니, 끝내 주제 파악을 못하고 죽겠구나."

서현도인은 눈을 가늘게 뜨고 주작왕을 봤다. 그녀의 손 위에 둥근 공처럼 떠 있는 빛은 여전히 강렬했다. 싸움이 일어나지도 않았는데 저 모습만으로 서현도인은 두려움을 느꼈다.

그러자 손에 붙은 부적의 빛이 줄어들었다.

"한 문파를 책임진 수장의 담이 저렇게 작아서야."

서현도인은 마음속에 이는 두려움을 몰아내기 위해 애썼다. 정신의 공간은 담대함과 술법의 뛰어남이 곧 실력이다.

상대에게 겁을 집어먹는 순간 싸움은 필패일 수밖에 없다.

"소문이 자자한 주작왕이 얼마나 강한지 보겠소!"

서현도인은 힘껏 손을 떨쳤다. 다시 환하게 밝아진 부적이 주작왕을 향해 날아갔다.

부적은 빛살 같았다. 만약 현실에서 이 정도의 속도로 날아간다면 천하제일 고수라고 해도 막아내지 못할 것이다.

하지만 예야후의 정신 속에서 비정상적으로 강해진 사람은 서현도인만이 아니었다.

주작왕이 만들어낸 하얀빛이 갑자기 커지더니 서현도인의 부적을 소리 없이 삼켜 버렸다.

"이곳은 현실이 아니다. 인간의 정신 속에서 한계란 자신이 정하는 것. 넌 그 한계를 너무 낮게 잡는구나."

원형의 빛 안에서 주작왕의 음성이 웅웅거렸다. 마치 하늘에서 수천 명의 사람이 동시에 말을 하는 것 같았다.

서현도인은 다시 부적을 만들었다. 그가 막 부적을 날리려고 하는데 빛이 서현도인을 향해 다가왔다.

서현도인이 날린 부적처럼 빠르지 않았다. 그래서 위쪽으로 솟구치며 손을 떨쳤다. 하지만 부적은 이번에도 빛 안으로 사라졌다.

원형의 빛은 어느새 이동해서 서현도인과 주작왕 사이를 철저하게 차단했다. 주작왕의 모습을 가린 빛은 서현도인과의 거리를 좁혀왔다.

뜨겁지는 않았다. 그런데도 그 빛은 이글이글 타오르는 하얀 섬광 같았다.

황급히 물러서자 서현도인의 움직임이 빨라진 만큼 빛 또한 속도를 더했다.

이리저리 피해보지만 자신의 그림자처럼 떨쳐 버릴 수가 없었다.

"그 빛은 네 마음의 두려움이니라."

다시 신의 그것 같은 주작왕의 음성이 울렸다. 설사 주작왕의 말이 맞다 해도 두려움이라는 건 버리려고 마음먹는다 한들 버려지는 게 아니다.

점점 가까워지는 빛을 향해 부적을 쏘면서 이리저리 피해보지만 도저히 떨쳐낼 수가 없었다.

"그래! 이 빛이 뭔가 한번 보자!"

소리를 버럭 지르며 팔을 활짝 벌려 커다란 빛을 가슴에 품었다. 면전에 거의 다다를 때까지 그저 눈이 부실 뿐 아무 것도 느낄 수 없었다.

그런데 피부에 닿는 순간 그 뜨거움은 벌겋게 달군 인두로 온몸을 지지는 것 같았다.

"아아악—!"

심장을 토해내는 비명이 터져 나왔다. 반쯤 포기했던 호기는 빛의 열기에 타버리고 오직 고통만이 몸을 지배했다.

실제로 몸에 불이 붙어도 이처럼 고통스러울 것 같지는 않았다.

'내 몸이 타는 게 아니니… 죽지 않아!'

애써 생각은 그렇게 했지만 전신을 덮은 끔찍한 고통은 서현도인의 의식을 시나브로 녹여갔다.

*   *   *

꼬르륵—!

서현도인이 담긴 욕조에서 거품이 일었다. 처음으로 생긴 변화에 네 사람은 모두 욕조 주변으로 모여들었다.

"저게… 정상인가?"

거품은 벌어진 서현도인의 입안으로 물이 들어가면서 생긴 것이었다.

고현도인의 얼굴에 당황하는 빛이 역력했다.

"이… 이럴 리가 없는데!"

갑작스럽게 일어난 변화에 고현도인은 어쩔 줄을 몰라 했다. 그래도 이 자리에서 술법에 대해 가장 많이 아는 사람이 고현도인이었다.

그런 고현도인이 우왕좌왕하고 있으니 다른 세 사람은 그저 멀뚱하니 보고 있을 수밖에 없었다.

"일단 꺼내는 게 어떻겠소?"

유재영의 말에 고현도인이 손사래를 쳤다.

"절대 몸에 손을 대서는 안 되오."

"왜 그렇소?"

"그게 원칙이오."

이유는 고현도인도 모른다는 뜻이다. 그사이에도 서현도인의 입으로는 계속 물이 들어가고 있었다. 조금만 더 지나면 욕조에서 익사하게 될 게 자명했다.

"물에 빠져 죽고 있는데 책에 적힌 원칙만 따질 것이오?"

유재영의 채근에 이 자리에서 가장 느긋한 표정의 허일한이 말했다.

"자기 사형의 일이니 고현도인이 결정하게 놔둬야지요. 일이 잘못되면 괜한 원망만 듣습니다."

원래 싸우는 시어머니보다 말리는 시누이가 미운 법이다. 허일한을 째려본 고현도인은 어쩔 수 없다는 듯 짧은 한숨을 쉬었다.

"일단 꺼내야겠습니다."

저대로 놔두면 결과가 빤하니 고현도인으로서도 선택의 여지가 없었다.

욕조에서 꺼내 바닥에 눕힐 때까지 서현도인은 별다른 반응을 보이지 않았다.

고현도인이 숨을 확인하기 위해 손가락을 코에 가져다 댈 때 갑자기 서현도인이 눈을 부릅떴다. 입을 쩍 벌린 서현도인의 눈동자가 눈자위처럼 하얗게 변해가고 눈자위는 핏물이 번지듯 붉어졌다.

"사형!"

고현도인의 부름은 아무 소용이 없었다. 입에서 가래 끓는 듯한 소리를 토해낸 서현도인은 결국 아무 움직임도 보이지 않았다.

굳이 맥박을 확인하지 않아도 숨이 끊어졌다는 걸 알 수 있었다. 고현도인은 서현도인의 죽음이 믿기지 않는 듯 연신 사형을 외쳐보지만 돌아오지 않는 부름일 뿐이다.

서현도인의 갑작스러운 죽음은 현실에 남은 사람들을 더

욱 불안하게 만들었다.

예야후의 정신 속에서 무슨 일이 일어나고 있는 것일까?

* * *

"크윽!"

부적을 왼쪽 어깨에 맞은 고전호는 온몸이 찌릿해지는 아픔을 느끼며 뒤로 훌훌 날아갔다.

피가 나거나 하는 외상은 없었지만 고통은 현실과 다름없이 고전호를 힘들게 했다.

"제법 견디는구나."

열두 번의 공격을 하고도 고전호를 쓰러뜨리지 못했으니 황적심으로서는 의외였다.

어설프게 움직이던 고전호는 이 공간에 빠르게 적응을 해갔다.

여유로운 겉모습과는 달리 황적심의 내심은 초조했다. 빨리 고전호를 처리하고 동아가 있는 곳과 이 세계에 대해 자세히 알아봐야 한다.

그래서 이번에 만든 부적은 이전과는 사뭇 달랐다. 술법과 고전호를 죽이려는 의지를 최대로 끌어 올렸다.

그러자 부적은 더욱 밝아졌고 색깔은 금방이라도 핏물을

떨어뜨릴 것처럼 붉게 물들었다.

부적을 만든 황적심조차 부적에서 풍기는 힘을 느낄 수 있으니 당해야 할 고전호는 말할 것도 없었다. 황적심의 입가에는 회심의 미소가, 고전호의 얼굴에는 숨길 수 없는 긴장감이 떠올랐다.

"마지막이다."

황적심이 수결을 맺어 막 부적을 날리려고 할 때였다.

우우웅―!

소리와 함께 대기가 파르르 떠는 진동이 느껴졌다.

"뭐지?"

의문이 드는 순간 진동은 곧 성난 바다의 파도처럼 변했다. 황적심과 고전호는 막대한 힘에 밀려 가랑잎처럼 날아갔다.

미지의 공간에서 갑작스레 생긴 변화였으나 이상하게 그 이유를 알 수 있었다. 몸을 덮치는 힘이 그들에게 얘기를 해주는 것 같았다.

누군가 죽었다. 이 공간에서. 생명의 소멸이 예야후의 정신을 고통스럽게 하고 분노하게 만들었다.

한참을 날아간 황적심은 성난 물결이 지나고 나서야 겨우 몸을 바로 세울 수 있었다. 방금 죽은 사람이 누군지 심히 궁금했다.

"동아가 사형을 죽였을까?"

이 공간에 들어온 사람이 세 명이고 두 명은 이곳에 있으니 황적심의 예상이 타당했다. 서현도인이 동아를 죽였을 리는 없었다.

그러다 고전호에게 생각이 미쳤다. 빛을 밝혀 주변을 살피고 기감을 열어보았지만 고전호는 종적을 감춰 버렸다.

"쥐새끼 같은 놈!"

고전호를 놓친 게 아쉽기는 했지만 자신의 힘을 재발견한 게 더 큰 수확이다.

"흐흐흐… 그럼 동아를 찾아볼까?"

비록 동아가 이 공간에 익숙하다고 해도 술법은 한참이나 미치지 못한다. 서로 일장일단이 있으나 익숙함은 황적심도 금세 얻을 수 있다. 그러나 술법은 동아가 저절로 익힐 수 있는 게 아니다.

그러니 싸워서 이기는 자는 황적심 자신일 수밖에 없었다.

황적심은 성난 파도가 밀려왔던 방향으로 날아갔다.

* * *

목숨의 위협에서 벗어난 고전호는 다시 예야후를 찾기 위해 사방을 돌아다녔다. 인간의 정신은 미지의 세계였기에 세워놓은 계획도 없었다.

상황에 맞춰 움직이는 게 최선이었는데 고전호는 다행히 이 공간을 제대로 이해하고 있었다.

이곳이 현실에서는 불가능한 일들을 이룰 수 있는 곳이라고 해도, 결국 현실에서의 능력이 어느 정도 뒷받침이 되어야 가능한 일이다.

황적심을 상대로 싸워 이기는 건 고전호가 아무리 큰 꿈을 꾼다고 해도 불가능한 노릇이다.

하지만 단지 예야후를 찾는 것이라면 꿈의 능력을 발휘할 수 있었다.

고전호는 황적심처럼 마음속에 무적을 그렸다. 몸에 따뜻한 기운이 도는 듯하더니 손바닥이 간질간질했다. 처음에는 그저 희미한 빛뿐이었다.

고전호는 부적의 형태에 더 집중을 했다. 희미한 빛은 점점 밝아지고 짙어지더니 이내 붉은 글씨를 머금은 투명한 부적의 형태로 나타났다. 사람을 찾는 데 쓰는 부적이다.

수결을 맺은 고전호의 입에서 낮은 주문이 흘러나왔다.

"모년모월모일(某年某月某日), 모(某) 가피도실거(家被盜失去) 모인(某人)……."

한참이나 주문을 외워야 했다. 주문이 길어서가 아니라 술법을 쓰는 데 익숙하지 않은 탓에 힘이 제대로 전달되지 않았다.

하지만 이곳이 괜히 꿈의 공간이 아니었다. 결국 환하게 불을 밝힌 부적이 홀로 어두운 공간을 향해 움직이기 시작했다.

고전호는 부적을 따라 날아갔다. 부적은 빛을 발하는 충실한 길 안내자였다.

이상한 것은 부적이 직선으로 알아가는 게 아니라는 것이다. 텅 빈 암흑의 공간인데도 이리 틀고 저리 꺾으면서 길이라도 있는 것처럼 움직였다.

고전호는 부적이 움직이는 대로 따라갈 수밖에 없었다. 그렇게 한참을 날아가다가 문득 이상함을 느꼈다.

몸이 무거워지고 뭔가 살을 찌르는 것 같은 따끔함이 전해졌다. 무심코 어깨를 본 고전호는 화들짝 놀라 멈췄다.

삼각형의 검은 조각이 어깨에 꽂혀 있었다. 종이처럼 얇으면서 철판처럼 단단한 조각은 한두 개가 아니었다.

고전호의 어깨뿐 아니라 가슴이며 배, 다리 할 것 없이 수백 개가 달라붙어 있었다.

"이게 뭐야?"

검은 파편을 잡아서 뜯어내려 했지만 세상에서 가장 접착력이 좋은 아교로 붙여놓은 것처럼 떨어지지가 않았다.

"젠장!"

파편을 떼내려고 애쓰는 사이 부적은 저만치 멀어져 있었다. 떨어지지도 않은 이상한 파편 때문에 애써 펼친 술법을 무용지물로 만들 수는 없었다.

어쩌면 이런 일 또한 이 세계에서는 다반사로 일어나는 것인지 모른다.

고전호는 몸에 붙은 이상한 파편을 무시하고 부적을 따라 날아갔다.

이상하게 방향을 틀던 부적은 어느 때부터인가 직선으로 움직이고 있었다. 부적이 어떻게 움직이건 한 가지 확실한 건 제가 할 일을 제대로 알고 있다는 것이다.

사실 현실에서 사람을 찾는 부적과 술법은 무용지물에 가까웠다. 책에 나와 알고 있는 것이지 실제로 효용을 본 적은 한 번도 없었다.

술법이란 오랜 수련을 통해 법력을 쌓아야 비로소 쓸 수 있는 것이지 단지 안다고 사용할 수 있는 게 아니었다.

정신의 검은 공간은 아무 소리도 없었다. 이렇게 날아가고 있는데 옷자락 펄럭이는 소리조차 들리지 않았다. 철저한 침묵의 공간은 낯설고 불안했다. 평생 뭔가를 보고 느끼고 들었던 사람이 무(無)의 세계에 들어서면 자연스럽게 느끼는 감정이었다.

고전호는 날아가는 부적에 온 신경을 집중시켰다. 몸에 달라붙은 파편조차 잊었다.

아주 오랫동안 검은 공간을 가른 것 같다. 현실 세계로 따지면 족히 백 리는 넘게 왔을 것이다.

'황적심 말처럼 이 세계가 그리 넓지 않아야 할 텐데.'

만약 황적심이 틀렸고 검은 공간이 밤하늘처럼 무한하다면 이렇게 날아가다 죽을지도 모른다.

고전호가 느끼는 불안함이 차츰 두려움의 색깔로 물들어 갈 때 부적이 발하는 붉은빛과는 다른 빛 한 점이 곁을 스쳐 갔다.

너무 희미해서 자칫 놓칠 뻔한 걸 곁눈질로 발견할 수 있었다.

쌀알보다 작은 그 빛은 희미한 푸른빛을 머금었다. 밤하늘에 떠 있는 외로운 작은 별 같았다.

곁을 스쳐가는 푸른빛은 띄엄띄엄 이어졌다. 깊은 가을 산속의 개똥벌레 같았다. 손을 뻗어 잡아보려 했지만 빛은 손을 통과해 뒤쪽으로 멀어졌다.

부적은 빛 사이를 가로질러 계속 고전호를 안내했다. 그러더니 이전보다는 조금 더 빛이 모여 있는 곳에서 날아가는 것을 멈췄다.

허공에서 둥실둥실 떠 있는 부적은 그를 향해 빨리 오라고 손짓을 하는 것 같았다.

부적이 있는 곳까지 다다른 고전호는 주변을 둘러보았다. 하지만 빛과 짙은 어둠만 자리할 뿐 특별한 것은 눈에 띄지 않았다.

"여기 뭐가 있는 거야?"

부적이 대답할 리가 없다. 어쨌든 무슨 이유가 있어서 부적이 이 자리에서 멈췄을 것이다. 고전호는 희미한 푸른빛에 의지해 주변을 둘러보았다.

어둠만 있을 뿐이다. 그런데 그 어둠 중에 유난히 짙은 어둠이 있었다. 검은색 덩어리가 단단하게 뭉쳐 있는 것처럼 보였다.

고전호는 짙은 어둠을 향해 조심스럽게 다가갔다. 별다른 것이 눈에 보이지 않으니 부적이 안내한 곳은 여기일 것이다.

주변을 돌아보려던 고전호는 깜짝 놀라서 멈췄다. 이 세계의 어둠이 짙기는 했지만 육체를 삼킬 정도는 아니었다. 특히 푸른빛이 있는 곳에서는 희미하게나마 주변을 볼 수 있었다.

그런데 검은 덩어리 근처의 어느 한곳에 들어서자 마치 먹물에 들어간 것처럼 아예 아무것도 보이지 않았다. 뒤쪽의 푸른빛까지 차단하는 그야말로 완벽한 암흑이었다.

고전호는 황급히 뒤로 몸을 날려 어둠을 빠져나왔다. 왠지 그곳은 다른 공간보다 차가운 것 같기도 했다.

어둠의 덩어리는 완벽한 어둠의 공간에서 약간 돌출된 반원 형태를 이루고 있었다.

그 앞에서 고민을 해봤지만 뭐하나 짚이는 것도 없었다. 고전호는 암흑의 덩어리로 슬그머니 손을 집어넣어 보았다.

차갑다는 감촉뿐, 별다른 것은 느껴지지 않았다. 그래서 팔을 빼려는데 뭔지 찌릿한 느낌이 온몸에서 전해졌다.

띠리리링—!

얇은 쇠가 부딪치는 것처럼 맑은 소리는 자신의 몸에서 나고 있었다. 오는 동안 몸에 달라붙었던 정체 모를 파편들이 부르르 떨면서 서로 몸을 부딪쳐 만들어내는 소리였다.

놀라서 파편을 떼어내려고 할 때 어둠의 덩어리 안에 집어넣은 손을 누군가 덥석 잡았다.

"헉!"

너무 놀라 온몸을 이용해 빠져나오려 해도 뿌리박혀 버린 것처럼 옴짝달싹하지 않았다.

"왜……."

암흑의 덩어리 안에서 들린 소리는 단 한 글자였지만 고전호를 소스라치게 하기에 충분했다.

"누… 누구요?"

"왜 백천이 네가 여기 있는 거야?"

한여름 엿가락처럼 늘어지기는 했으나 예야후의 목소리라는 걸 알 수 있었다.

"나… 난 소문주님이 아니오!"

우웅—!

암흑 덩어리가 한 차례 요동을 치더니 어둠의 한곳이 길게 열렸다. 세로로 가는 틈이 생긴 후에야 고전호를 잡고 있는 힘이 사라졌다.

뒤로 물러선 고전호는 조심스럽게 틈 안을 들여다보았다. 암흑의 덩어리 안쪽에는 희미하게 하얀빛이 드리워져 있었다. 그래서 안쪽의 상황이 시야에 들어왔다.

빛처럼 하얀 옷을 입고 있는 예야후가 몸을 잔뜩 웅크린 채 그곳에 있었다. 분명 말을 했는데 무릎을 가슴 쪽으로 끌어당긴 그녀는 죽은 듯 움직임이 없었다.

띠리리링—!

몸에 붙은 파편들이 몸서리를 쳤다. 이번에는 고전호의 몸이 떨릴 정도로 격렬했다.

눈앞에는 예야후가 있고 몸에는 알 수 없는 파편들이 붙어 몸을 흔들어대니 정신이 하나도 없었다.

그때 암흑의 덩어리 안에서 움직임이 일어났다. 예야후의 허리가 펴지더니 드디어 눈이 떠졌다.

흑백이 뚜렷한 예야후의 눈은 마치 오래전부터 그래왔던 것처럼 고전호를 응시했다.

"이… 이게 뭔지 모르지만 좀 떼어내 주시오."

예야후는 벌어진 틈으로 가까이 왔다. 그 틈은 그녀가 나오기에는 너무 좁아서 겨우 손가락만 통과할 수 있을 뿐이었다.

"어떻게 이곳에 오게 된 거죠?"

"지금 이곳에는 사고님의 몸을 차지하기 위해 황적심과 서현도인이 들어왔습니다. 그런데 여기 도착하기 전에 황적심과 싸우고 있었는데 누군가 죽었습니다. 이상하게 들리겠지만 보지 않아도 느낄 수가 있었죠. 십중팔구는 서현도인이 동아를 만나 변을 당한 것이라 생각합니다."

"백천이도 왔잖아요?"

"네? 소문주님은……."

사실을 얘기하기가 망설여졌다. 보아하니 예야후는 이곳에 갇혀 있어서 바깥세상이 어떻게 돌아가고 있는지 모르는 것 같았다.

그녀가 슬퍼하기는 하겠지만 지금으로서는 사실을 얘기하는 게 최선이었다. 그래서 고전호는 조심스럽게 이야기보따리를 풀었다.

설백천이 화상을 입음으로 인해 야귀가 되었다는 대목에서는 우는 듯한 표정이 되었다. 실제 육체였다면 눈물을 펑펑 쏟았을 것이다.

"그래서 백천이가 저런 모습이로군요."

"네? 아까부터 소문주님 얘기를 하시는데, 소문주님은 야귀가 되어 모산파에 있습니다."

그녀가 고개를 저었다. 하얀빛을 받아 반짝이는 머리칼이

찰랑거렸다.

"당신과 함께 있잖아요."

"설마 이 파편이······?"

예야후는 가슴 앞에 두 손을 합장했다. 그러자 그토록 질기게 달라붙어 있던 파편들이 몸에서 두둥실 떠올랐다.

천천히 이동한 파편들은 예야후 앞에서 멈추더니 저희끼리 달라붙기 시작했다. 그것은 차츰 하나의 형상을 이뤄 이윽고 완성된 모습은 설백천이었다.

여전히 생기 없는 설백천은 검은 철로 만든 동상 같았다. 예야후의 손짓에 따라 설백천이 둥실둥실 떠서 그녀에게로 갔다.

예야후는 입구로 손가락을 내밀어 설백천의 콧잔등을 쓰다듬었다.

"백천아. 그 안에서 뭘 하고 있는 거니?"

그녀의 처연한 물음에 대한 답은 돌아오지 않았다. 한참 동안 안쓰러운 표정을 짓고 있던 예야후가 뭔가 결심한 표정을 지었다.

"내가 이곳에 갇혀 있으면 넌 그 안에서 영원히 깨어나지 못하겠지?"

좁은 틈으로 그녀가 지그시 눈을 감는 게 보였다. 그리고 잠시 후 폭발하듯 하얀빛이 쏟아졌다.

　　　　　*　　　　　*　　　　　*

　동아는 셀 수 없이 많고 밝은 파란 빛 무리 속에 자리해 있었다. 황적심을 본 동아의 입가에 미소가 그려졌다.

　"드디어 이곳에서 만나는군요."

　황적심은 곁을 스쳐가는 빛을 보며 물었다.

　"이것들은 다 무엇이냐?"

　"이 빛이 인간의 영혼 그 자체예요."

　"그럼 이 빛을 이용해 예야후를 조종하는 것이냐?"

　"이용하는 게 아니라 이 빛이 곧 사고님이고 저예요. 이 빛 하나하나에 사고님의 능력과 경험, 감정과 기억들이 고스란히 들어 있죠. 물론 제 것도 포함해서요."

　"그럼 이 빛들을 어떻게 네 것으로 만든 것이냐?"

　"의지예요. 이 빛은 이 안에서 가장 강한 의지를 가진 사람에게 반응하게 되어 있어요. 다행히 사고님의 의지는 언제나 절 뛰어넘지 못했죠."

　"그럼 예야후는 어디 있느냐?"

　"마음의 어느 한구석, 자신만의 공간에 웅크리고 있어요. 자신이 설백천을 해칠지도 모른다는 두려움이 스스로를 그곳에 가둔 것이죠."

"네가 가둔 게 아니라?"

"이미 말씀드렸잖아요. 의지가 이 세계의 지배자를 결정하는 것이라고."

빛은 만지려는 황적심의 손을 통과했지만 이제까지 경험하지 못했던 느낌이 전해지는 것 같았다.

"뭔가 특별한 건 틀림없구나. 내 마음속에도 이런 빛이 있겠지?"

"글쎄요. 음흉한 사람들의 마음속은 다른 형태가 아닐까요?"

"흐흐흐… 그럴지도. 하지만 내 마음속이 어떻게 생겼건 지금은 하등 중요하지 않지."

"사고님이 곧 사부님의 것이 될 테니까요?"

"넌 여전히 눈치가 빠르구나."

"무엇을 바라건 그 사람의 자유지요. 그전에 제게 알려줄 게 있잖아요?"

"설백천에 대한 사랑 말이지?"

"어떻게 하면 없앨 수 있죠?"

"네가 사라지면 된다."

"네?"

"네 영혼이 예야후의 몸을 떠나면 설백천을 향한 사랑 또한 자연히 사라지지 않겠느냐?"

동아의 얼굴이 차갑게 굳어졌다.

"그 말은 제가 죽지 않는 한 이 사랑을 떨칠 수 없다는 건가요?"

"어디엔가 다른 방법이 있을 수도 있겠지. 하지만 이 사부는 그 방법을 모르겠구나."

"역시 절 속인 거군요."

"그게 놀라울 정도로 날 아직 모른단 말이냐?"

"그렇게 뻔뻔하게 말하는 건 사부님 역시 절 모른다는 것이죠. 이 안에 있는 절 말이죠."

"흐흐흐… 네 생각보다 난 적응력이 뛰어나단다. 이 세계는 이미 파악했다. 내 정신력과 술법은 너보다 훨씬 강하다. 즉 넌 내 상대가 될 수 없다는 거지."

"이 세계를 현실의 잣대로 재는 이상 사부님은 결코 승자가 될 수 없어요."

황적심은 손을 들어 부적을 만들었다. 처음 만들었을 때보다 붉은색은 훨씬 선명했고 빛은 더욱 밝았다.

"인간의 능력은 어디서든 그대로 발휘되는 법이다."

"어디, 그 능력을 한번 발휘해 보시죠."

"마지막으로 고맙다는 말은 해야겠다. 내게 이런 육체를 선물해 줘서 말이다. 천지합일정!"

부적은 푸른빛을 자르며 동아를 향해 쏘아져 갔다. 부적에 스친 푸른빛들이 소스라치게 놀라 사방으로 흩어졌다.

거침없이 허공을 날아간 부적은 동아의 가슴에 틀어박혔다. 부적의 속도는 날린 황적심조차 믿기 힘들 정도로 빨랐다. 무엇이든 가능하다는 황적심의 자신감이 만들어낸 결과였다.

눈을 부릅뜬 동아는 가슴에 박힌 부적을 내려다 본 후 황적심에게 시선을 던졌다.

"빠르군요."

"방심한 네 자신을 탓해라."

"네. 방심했네요. 하지만 제가 아무리 방심해도 개미처럼 미미한 존재에게 죽지는 않아요."

처음 말을 시작할 때는 동아의 입에서 나왔는데 한 글자, 한 글자 뱉어질 때마다 말은 사방에서 울려 퍼졌다.

그리고 부적을 맞았던 동아는 연기처럼 사라지고 거기에는 황적심이 날렸던 부적만 너울거렸다. 죽어서 사라진 건 아니었다.

황적심은 사방을 둘러보았지만 동아의 모습을 찾을 수가 없었다. 모습 대신 특유의 웅웅거리는 목소리가 울렸다.

"사부님과의 질긴 인연은 여기서 끝이네요."

"어디 있느냐! 모습을 드러내라!"

황적심의 외침에 대한 대꾸는 돌아오지 않았다. 대신 푸른빛이 동아의 의지를 보여주었다.

빛이 서서히 황적심을 향해 다가왔다. 한 덩어리가 되어 접근하는 것도 있고 점점이 다가오는 빛도 있었다.

더없이 친근하게 느껴지던 푸른빛이 칼끝처럼 흉흉한 무기로 느껴졌다. 빛에서 멀어지기 위해 몸을 돌린 황적심은 그자리에서 굳어버렸다.

어느새 푸른빛은 뒤쪽까지 빼곡하게 자리를 차지한 채 황적심을 향해 다가왔다. 서서히 다가오는 빛은 먹이를 친친 감아 옥죄는 구렁이 같았다.

"이따위 빛 뒤에 숨지 말고 정정당당하게 모습을 드러내라!"

황적심은 소리를 지르며 빛을 향해 부적을 날렸다. 손으로 내리는 눈을 가르는 것처럼 부적에 맞은 빛은 잠깐 흩어졌지만 이내 다시 모여서 황적심과의 거리를 좁혔다.

황적심은 두려움을 느끼지 않기 위해 애썼다. 두려움은 제 살을 갉아먹는 독약이다. 무엇이든 할 수 있다는 자신감만이 이 세계에서 승리를 보장할 수 있었다.

"이런 것이 날 어찌할 수는 없다!"

황적심은 양팔을 들어 자신이 만들 수 있는 한계까지 부적을 만들어냈다. 붉은색을 토하는 부적 서른두 장이 황적심의 몸을 둘러쌌다.

"악귀는 물러가라! 제군율령칙섭(帝君律令勅攝)!"

부적이 황적심의 몸을 중심으로 회전하기 시작했다. 웅웅거리는 소리를 토하며 회전하는 부적은 다가오는 푸른빛을 가차 없이 잘라 버렸다. 그것은 무엇도 뚫을 수 없는 방패가 되어 황적심을 보호했다.

"동아야! 넌 엄마 치마폭 뒤에 숨은 어쩔 수 없는 어린애구나! 하하하!"

"그 치마폭이 사부님을 죽일 거예요."

푸른빛이 부적을 따라 함께 돌더니 종국에는 부적의 속도를 추월했다.

까가가강―!

두 개의 힘이 부딪치며 붉고 푸른빛을 토해냈다. 두 개의 빛이 충돌하는 모습은 혼돈 그 자체를 보는 듯했다.

쾅!

어느 순간 한계에 다다른 두 개의 힘이 폭발을 일으켰다.

第四十五章

주인은 변하지 않는다

야수왕

푸르고 붉은 빛이 사방으로 비산했다. 폭죽이 터진 것처럼 멀리까지 퍼져 나간 빛은 시나브로 사라졌다. 그런데 사라진 빛은 한 가지 색깔뿐이었다.

　푸른색은 흩어졌다가 다시 제자리로 뭉쳤지만 붉은빛은 어둠이 삼킨 것처럼 자취를 감췄다.

　푸른빛의 무리 가운데서 동아가 다시 모습을 드러냈다. 어린 동아였으나 얼굴에는 늙은이의 그것처럼 만감이 교차하는 표정이 드리웠다.

　드디어 황적심이 죽었다. 당연히 기쁠 줄 알았는데 왠지 가슴 한쪽이 허전한 것이 친인을 잃은 것 같은 기분이었다.

그가 죽어서일까? 생전에 그래도 황적심이 잘해줬던 순간들이 주마등처럼 뇌리를 스쳤다.

'그때 사줬던 당과는 참 맛있었는데.'

*   *   *

하얀빛을 폭발시킨 예야후는 어느새 어둠의 공간에서 빠져나와 고전호의 앞에 떠 있었다. 눈을 감고 양팔을 벌린 그녀에게 띄엄띄엄 떨어져 있던 푸른빛이 모여들기 시작했다.

모인 빛은 예야후 주변을 맴돌더니 피부로 스며드는 것처럼 그녀 안으로 사라졌다.

"이렇게 나오실 수 있었는데 왜 저 안에 계셨던 겁니까?"

고전호의 물음에 예야후는 자신이 갇혀 있던 어둠의 공간을 응시했다.

"괴로움을 피하는 나만의 방이었던 거겠죠. 동아와 힘겨운 싸움을 해야 하고 언제 백천이를 죽일지 알 수 없는 그 불안함을 외면할 수 있는 그런 공간 말이에요."

무적의 힘을 가진 예야후였지만 마음이 너무 여렸다. 그 때문에 동아가 그녀의 마음을 온전히 차지할 수 있었을 것이다.

"하지만 이제 더 이상 숨어 있을 수가 없잖아요."

그녀의 눈길이 여전히 강철동상 형상을 한 설백천에게 향했다.

"백천이를 원래의 자신으로 돌려놓아야 하니까요."

"그렇게 할 수 있습니까?"

"야귀가 된 백천이가 저런 형상으로 어떻게 내 마음속에 들어올 수 있었던 거죠?"

"그건 제가 사고님께 묻고 싶은 말입니다. 혹시 야귀가 되면 주인의 마음에 저렇게 들어가는 게 아닐까요?"

"모르겠어요. 어쨌든 백천이를 되돌려 놓을 방법을 찾아야 해요."

"만약 소문주님이 인간으로 돌아오지 못하게 되면 어떻게 하실 겁니까?"

"그가 백천이라는 사실에는 변함없어요."

지금 마음이야 그럴 것이다. 하지만 시간은 언제나 기쁨을 희석시키고 괴로움을 키우는 못된 가능성을 품고 있었다.

"그런데 정말 셋만 들어온 건가요?"

"네?"

예야후의 시선이 어둠의 한곳을 향했다.

"지금 다가오는 사람은 황적심이나 장문인이 아닌데요?"

고전호는 그녀의 눈길이 머문 곳을 보았다. 하지만 그의 눈에는 아무것도 보이지 않을뿐더러 어떤 느낌도 받을 수 없었다.

"동아가 아닐까요?"

예야후가 고개를 저었다.

"동아의 느낌은 누구보다 제가 잘 알아요. 지금 오는 자는 달라요. 마치…….."

말을 하는 예야후의 얼굴이 점점 굳어졌다.

"인간이 아닌 것 같아요."

"네? 인간이 아니면 뭐란 말입니까?"

"불. 더 이상 뜨거울 수 없는 불같은 존재예요."

물론 불에 영혼이 있어 예야후의 정신 안으로 들어오지는 않았을 것이다. 지금 예야후의 말투와 표정으로 봐서는 다가오는 자가 심상치 않은 내력을 지닌 것만은 분명했다.

잔뜩 긴장한 고전호는 예야후의 시선이 고정된 곳에 안력을 집중시켰다. 아주 길게 느껴지는 긴장의 시간이 흐른 후 비로소 고전호에게도 뭔가가 느껴졌다.

하지만 예야후가 느끼듯 불의 뜨거움은 아닌 그저 다른 존재였다. 느낌이 전해지고 얼마 지나지 않아 눈으로도 그 사람을 확인할 수 있었다.

여자다. 하얀 옷을 펄럭이며 날아오는 그녀는 서른쯤 되어 보이는 미인이었다.

'어디서 만난 것 같은데?'

그녀를 본 순간 든 생각이었다. 하지만 아무리 과거를 훑어 봐도 다가오는 여인과의 만남은 기억나지 않았다.

옷 때문인지 스스로 하얀빛을 발하는 것 같은 여인은 그들 과 오 장의 간격을 두고 멈췄다.

"드디어 내 것이 될 몸의 주인을 만났네."

여인이 활짝 웃으며 한 말이다. 누군지 모르지만 저 여인 또한 예야후의 육체를 탐내서 이 안에 들어온 것만은 분명했 다.

"당신은 누구요?"

예야후 대신 고전호가 물었다. 여인의 웃음이 고전호에게 로 향했다.

"네가 날 이 안으로 들여보내 주지 않았느냐?"

"내가 말이오? 난 당신을 만난 적도 없소."

"함께 뜨거운 밤을 보내기까지 했는데 기억하지 못하다니. 여자로서 섭섭하구나."

예야후의 시선을 느낀 고전호는 펄쩍 뛰었다.

"내… 내가 언제 당신과… 난 당신을 알지도 못하오!"

"호호호! 당황하는 모습이 귀엽구나. 우린 분명 만났고 하 룻밤의 운우지락을 즐기기도 했지만 네가 날 기억하지 못하 는 건 당연하다. 네가 날 기억한다면 내 능력이 부족하다는 뜻이니까."

"설마 날 이용해서 사고님 정신 속으로 들어왔다는 것이오?"

"네가 다리가 되어주었지."

"대체 어떻게……?"

질문을 하려던 고전호는 지금 중요한 건 과정이 아니라는 걸 깨달았다.

"당신은 누구요?"

아까 했던 물음을 다시 던졌다.

"주작왕이라는 이름을 들어보았느냐?"

세 글자를 두 번 입안에 굴린 다음 고전호의 가슴은 철렁 내려앉았다.

"설마 배교의 사천왕 중 한 명인 그 주작왕 말이오?"

"내가 그 사람이다."

사천왕의 사술이 어느 정도 경지에 이르렀는지 본인들 외에는 알지 못한다. 어떤 이는 귀신을 부릴 수 있다고 하고 다른 이는 신선의 경지에 이르렀다는 허황된 소문도 퍼트린다.

한 가지 분명한 건 그들의 사술이 범인의 상상을 초월한다는 것이다. 하긴 그러니 예야후의 정신 속까지 들어올 수 있었겠지만.

그 과정에서 그가 이용당했다는 사실은 무척이나 기분 나빴다. 하지만 고전호의 기분 따위는 중요하지 않았다.

"배교는 불을 숭상하는 집단입니다. 온갖 사술에 정통한데 특히 사천왕은 그 능력이 매우 뛰어납니다. 조심해서 상대해야 할 자입니다."

적이 이미 눈앞에 나타났으니 예야후에게 해줄 수 있는 설명은 그게 다였다. 더구나 대부분 비밀 안에 묻혀 있는 사천왕이었기에 고전호도 아는 게 많지 않았다.

"지금에 와서 나에 대해 아는 게 무어 중요하겠느냐? 어차피 곧 저승의 강을 건널 너희인데."

"내 안에 들어와서 너무 자신만만하군요."

"어린아이에게 몸을 빼앗길 정도면 마음이 얼마나 약한지 알 수 있지."

"지금까지는 그랬지요. 하지만 이젠 달라질 수밖에 없어요."

예야후는 설백천에게 눈길을 돌리며 물었다.

"백천이가 저런 모습으로 이 안에 들어온 건 당신 때문인가요?"

"설백천을 매개로 해서 내가 네 안에 들어온 것이니까 부록으로 따라온 것일 수도 있지."

"그럼 어쩌면 저 안에 백천이의 영혼이 들어 있을 수도 있겠네요?"

"설백천은 이미 야귀가 되었다. 죽은 영혼이나 다름없지.

설사 저 안에 설백천이 있다고 해도 저 검은 껍질은 너무 단단해서 도저히 깰 수가 없느니라. 그리고 지금 네가 걱정할 사람은 설백천이 아니라 네 자신이다."

예야후의 표정이 싸늘하게 변했다.

"그건 제가 당신에게 하고 싶은 말이네요. 타인의 정신 안에서 죽음을 맞는다면 너무 비참한 말로일 테니까요."

"자신이 자신을 이처럼 모르다니. 너도 참 불쌍한 인생이로구나. 이 좋은 몸뚱이가 아까울 정도로."

주작왕의 말이 끝났을 바로 그 순간이었다.

우우웅—!

대기가 요동을 쳤다. 고전호는 이미 한 번 경험을 했던, 누군가 죽었을 때 정신의 공간이 울음을 토하는 순간이었다.

해일 같은 힘이 고전호를 덮쳤다. 하지만 이번에는 날아가지 않았다. 그 힘을 느낀 순간 방패 같은 것이 고전호를 막아주었다.

그뿐 아니라 예야후도 주작왕도 공간이 터트린 울음의 영향을 받지 않았다.

"누군가 죽었구나. 들어온 사람은 나를 포함해 넷이고 둘은 여기 있으니… 황적심이 동아를 만난 것이겠지."

주작왕의 말에 고전호가 물었다.

"황적심이 죽었다고 생각하는 것이오?"

"황적심 따위가 이 공간에서 동아를 죽일 수 있을 것 같으냐?"

"하지만 황적심의 술법은 꽤 높고 동아는 한낱 어린애일 뿐인데……."

"현재 이 몸을 차지하고 있는 사람이 그 어린애다. 몸의 주인은 이 공간에서 월등한 힘을 발휘할 수밖에 없다."

예야후가 말했다.

"그러면서 당신은 어떻게 동아를 이길 생각인가요?"

"그 사실은 능력 없는 자들에게 해당되는 얘기지."

"그럼 당신 능력이 어느 정도인지 볼까요?"

예야후가 눈을 감고 양손을 가슴 앞에 합장했다. 그러자 몸 속으로 들어갔던 푸른빛이 다시 모습을 드러내 달무리처럼 그녀를 감쌌다.

고전호는 알아서 멀찌감치 물러났다. 이 싸움 근처에 그가 있는 것은 예야후에게는 방해만 될 뿐이다. 그는 이 공간에서 철저하게 무능한 인간일 수밖에 없었다.

하늘로 향한 주작왕의 양쪽 손바닥 위에도 둥글게 하얀빛이 생겨났다. 차츰 커지는 그 빛은 이글이글 타오르는 태양처럼 느껴졌다.

그 빛이 주장왕의 손을 떠났다. 예야후를 향해 천천히 다가가는 그 빛은 차츰 크기를 키워갔다.

눈덩이처럼 불어난 빛이 예야후와의 거리를 삼 장 정도 남겨뒀을 때는 주작왕을 완전히 가릴 정도로 커졌다.

하얀빛이 커지는 동안 예야후를 감싸고 있는 푸른빛도 더욱 짙어졌다. 이제 예야후는 한 무더기의 푸른빛으로밖에 보이지 않았다.

예야후는 태양 같은 하얀빛을 피하려 하지 않았다. 오히려 이 장 가까이로 다가오자 그 빛을 향해 몸을 날렸다. 물리적인 뜨거움은 느껴지지 않았으나 고전호는 하얀빛이 엄청난 열기를 내포하고 있다는 걸 본능적으로 알 수 있었다.

두 개의 빛이 검은 허공에서 부딪쳤다.

쾅!

섬광이 일었다. 너무 눈이 부셔서 고전호는 황급히 고개를 돌려야 했다. 실제 육체가 아닌데도 눈이 아플 정도로 충돌이 일으킨 빛은 강했다.

고전호는 눈의 고통을 무릅쓰고 싸우고 있는 곳으로 시선을 모았다. 사방으로 비산하는 두 가지 색깔의 빛들이 시야에 가득 찼다.

둥근 빛은 여전했고 예야후 역시 푸른빛 안에 모습을 감추고 있었다. 언뜻 봐서는 누구도 손해를 본 것 같지 않았다.

예야후는 자신을 쫓아 움직이는 하얀빛을 향해 다시 돌진했다. 둘 모두 상대를 꼭 깨고야 말겠다는 의지가 역력했다.

'좋지 않은데.'

고전호는 그리 생각할 수밖에 없었다. 주적왕이 펼친 빛은 의지의 힘이다. 반면 예야후는 육체가 직접 부딪치는 것이다.

물론 피와 살로 만들어진 육체는 아니지만 가해지는 충격은 별반 다를 게 없었다. 그러니 충돌로 인해 받는 충격은 예야후가 더 큰 게 당연했다.

저렇게 싸움이 계속 이어질 경우 더 큰 손해는 예야후의 몫이다.

그럼에도 싸움은 오랫동안 이어졌다. 하얀빛이나 푸른빛 어떤 한쪽도 상대를 물러나게 할 뿐 깨트리지 못했다. 저건 싸움에 문외한인 고전호가 봐도 쉽게 끝날 싸움이 아니었다.

"그래도 한때 이 몸의 주인이었다고 제법 버티는구나. 마음 같아서는 더 놀아주고 싶다만 내 마음이 급하니 이만 싸움을 끝내야겠다."

빛 뒤에 숨은 주작왕의 목소리가 들린 후 하얀빛의 형태가 변했다.

공처럼 둥글던 빛이 점점 납작해지더니 종국에는 종잇장처럼 얇아졌다.

웅웅웅!

하얀빛이 회전을 하면서 가슴을 떨리게 만드는 소리를 토해냈다.

맹렬하게 회전을 하는 원반은 거대한 톱날이나 마찬가지였다. 예야후를 감싼 푸른빛이 하얀 원반에 부딪치면 힘없이 잘려 나갈 것 같았다.

그럼에도 예야후는 원반을 향해 달려들었다.

카앙!

날카로운 소리는 너무 커서 귀를 막았는데도 고막이 찢어지는 것 같은 고통을 느꼈다.

원반에 부딪친 예야후는 어둠 저 멀리 튕겨 나갔다. 주춤한 원반은 까마득히 저쪽으로 날아간 예야후를 맹렬히 쫓았다.

그녀는 충격을 받은 것 같은데도 허공을 선회해 원반으로 돌진했다. 고전호가 보기에는 무모한 행동이었다.

원반과 부딪치려는 순간 방향을 아래로 꺾은 예야후는 원반 밑을 올려쳤다. 팽그르르 회전한 원반은 멀어졌다가 다시 돌진했다.

온몸으로 부딪친 예야후가 고전호 있는 쪽으로 날아왔다. 엉겁결에 그녀를 받으려던 고전호는 황급히 몸을 피했다. 다가오는 기세가 감당할 수준이 아니었다.

슈우웅―!

곁을 스쳐가는 예야후의 속도에 몸이 휘청 꺾였다. 고전호는 예야후를 쫓는 원반을 피해 다시 도망쳤다. 삼 장이나 떨어져 지나쳤는데도 달궈진 칼로 살을 긁는 것 같은 통증이 느껴졌다.

저런 것에 부딪치는 예야후가 새삼 대단하게 느껴졌다. 하지만 지금 상황을 보면 예야후가 저 원반을 깰 수 있을 것 같지 않았다.

'주작왕은 어디 있지?

원반 때문에 정작 주작왕에게는 신경을 쓰지 못했는데 찾을 수가 없었다. 원반 자체가 주작왕이거나 어둠 어딘가 몸을 숨기고 있을지도 모른다.

고전호는 원래 주작왕이 있던 곳으로 움직였다. 저 원반은 도저히 어찌할 수 없을 것 같으니 실체를 찾아 죽이는 게 최선이다. 지금 그가 예야후를 도울 수 있는 건 주작왕을 찾는 것뿐이다.

우우웅—!

뒤에서 들린 소리에 고전호는 황급히 몸을 돌렸다. 원반에 부딪친 예야후가 그를 향해 맹렬히 날아오고 있었다.

전장에서 떨어진다고 하는데 싸움이 그를 쫓아다니는 것 같았다.

몸을 피하는 고전호의 곁을 예야후가 스쳐갔다. 그녀를 맹렬히 추격하던 원반이 허공에서 선회를 하더니 예야후와는 상관없는 방향으로 날아갔다.

'뭐지?

고전호의 의문과 동시에 예야후의 비명 같은 외침이 터졌다.

"안 돼!"

순간 고전호는 원반이 향하는 곳 끝에 뭐가 있는지 깨달았다. 주작왕은 예야후가 쉽게 무너지지 않을 것임을 알고 다른 방법을 찾은 것이다.

지금은 물론 언제나 그렇듯 그녀의 가장 큰 약점은 설백천이다. 주작왕은 설백천을 없애 예야후의 평정심을 무너뜨리려 하고 있었다.

설백천을 향해 돌진하는 원반을 막기에 고전호는 힘이 없었고 예야후는 너무 멀었다.

빛처럼 날아간 원반은 나무토막 같은 설백천에게 부딪쳤다.

카앙!

강렬한 금속음과 함께 설백천이 산산조각으로 부서졌다. 고전호 몸에 붙어 있을 때보다 더 자잘해서 가장 큰 조각이 엄지손톱 크기로 쪼개졌다.

원래 저런 상태에서 예야후의 손짓에 의해 설백천의 형상이 되었으니 달라진 것 없을 것 같았다.

그런데 날아오는 예야후를 보면 그녀의 능력으로 다시 붙일 수 없는 모양이다. 푸른빛에 싸여 모습은 보이지 않았으나 예야후의 슬픔과 아픔이 고스란히 느껴졌다.

어둠 속에 비산한 파편 한 조각이 푸른빛 안으로 사라졌다. 푸른빛의 바깥쪽이 파르르 떨렸다.

허공 어딘가에서 주작왕의 음성이 울렸다.

"네가 사랑하던 이는 완전히 사라졌다. 기분이 어떠냐?"

고전호로서는 이해할 수 없었다.

"소문주님은 나에게 붙어 있을 때도 저렇게 조각난 모습이었소! 그러니 다시 붙이면 그만이오!"

"호호호! 어리석은 소리! 그 조각들은 어차피 살아 있던 것이 제 형상을 찾은 것이다. 만약 네가 여기서 저 지경이 되었다면 다시 살아날 수 있겠느냐?"

야귀로 변한 설백천의 외형이 철로 만든 인형처럼 생긴 건당연하다. 그것이 야귀 설백천이 살아 있는 모습이다.

그런데 그런 설백천이 산산조각으로 부서졌다는 건 결국죽음을 뜻한다. 그걸 알기에 예야후도 저런 슬픔을 보이는 것이다.

예야후의 기운이 슬픔에서 분노로 바뀌었고 몸을 감싼 푸른빛도 붉은색으로 물들었다.

비록 야귀로 변했지만 목숨조차 아깝지 않은 사랑 설백천을 잃었으니 그녀의 슬픔과 분노가 어느 정도일지 감히 짐작할 수도 없었다.

설백천을 깨뜨린 원반은 예야후를 향해 웅웅거리는 울음을 토해냈다. 그 소리로 주작왕의 전의를 전하는 것 같았다.

고전호는 예야후에게 주작왕의 진체를 찾으라고 말하고 싶었지만 아무 말도 건네지 못했다. 예야후도 그걸 모를 리 없는데 원반과 싸움을 하는 걸 보면 그만한 이유가 있을 것이다.

고전호는 그저 멀리 물러서서 싸움의 결과를 기다릴 수밖에 없었다.

예야후가 먼저 움직이고 원반도 무서운 속도로 공간을 쪼갰다. 설백천의 죽음으로 예야후의 감정이 변하자 싸움의 기운마저 달라졌다.

검은 공간이 진흙처럼 무거워져서 고전호를 옥죄는 것 같았다.

숨 막히는 그 공간을 두 개의 기운이 빛의 속도로 가른 후 부딪쳤다. 그런데 이번에는 전과 달랐다. 예야후는 더 이상 튕겨지지 않았다.

하얀 원반에 붙은 붉은빛이 더욱 밝게 타올랐다. 예야후를 밀고 가던 원반이 힘을 잃고 멈췄다.

우우웅―!

팽팽하게 대치된 두 기운이 겨울바람 맞은 문풍지처럼 떨렸다. 고전호는 삼십 장이나 거리를 두고 있었지만 예야후와 원반에서 전해지는 뜨거운 열기를 느낄 수 있었다.

시간이 지날수록 하얗고 붉은 두 개의 빛이 더욱 밝아졌다. 까맣던 공간을 밀어낸 빛은 눈이 부셔서 똑바로 쳐다볼 수조차 없었다.

"예야후! 마지막 발악을 하는구나!"

주작왕의 말에 대한 예야후의 대꾸는 없었다. 그저 금방이라도 피를 토할 것 같은 빛이 더욱 붉어질 뿐이었다. 그들이 내뿜는 열기는 더욱 뜨거워져서 고전호는 한참을 더 물러섰다.

하지만 아무리 물러서도 뜨거움을 피할 수가 없었다. 두 사람이 토하는 빛으로 인해 암흑의 공간은 사라지고 쇠라도 녹일 것 같은 열기만 가득했다.

고전호는 빛을 피해 계속해서 날아갔다. 그토록 싫었던 적막한 어둠의 공간이 지금은 절실하게 필요했다. 난생처음 느끼는 열기의 고통은 절로 비명을 만들어냈다.

"으아악—! 그만해!"

고전호가 소리를 지른다고 이 싸움이 멈출 리 없다. 이대로 싸움이 계속되면 저 열기가 고전호뿐 아니라 예야후의 정신 공간 자체를 태워 버릴 것 같았다.

고전호는 더 이상 날아가지도 못했다. 하얗고 붉은 빛의 일렁임 속에서 지렁이처럼 꿈틀댈 뿐이었다.

쩌엉!

쇠가 깨지는 것 같은 그 소리가 쇠의 파편이라도 되는 것처럼 고전호를 관통하고 지나갔다. 비명을 토한 고전호는 죽음의 문턱을 넘었다.

그렇다고 생각했다. 갑자기 어둠이 찾아왔고 고통도 서서히 몸을 떠났기 때문이다. 죽음이라는 미지의 공간에 대한 두려움이 고전호의 눈을 뜨지 못하게 만들었다.

그래서 눈을 감은 채 부유하는 그의 귀로 여인의 음성이 들렸다.

"이제 마지막 싸움을 하러 가야죠."

고전호는 깜짝 놀라서 눈을 떴다. 그의 일 장 앞에 예야후가 있었다. 옅은 푸른빛을 뿌리는 그녀는 치열한 싸움을 막 끝낸 사람답지 않게 깨끗하고 평온해 보였다.

"주… 주작왕은 어떻게 됐습니까?"

"죽었어요."

예야후가 가진 분노의 힘이 주작왕을 넘어선 것이다.

"누가 죽었을 때마다 오는 해일 같은 느낌은 없었는데요."

"주작왕의 죽음에서는 일 푼의 슬픔조차 느끼지 않았을 테니까요. 자비로운 이 공간조차."

지금 예야후는 차분하다 못해 차갑게 가라앉은 느낌이었다.

"동아도 죽이실 겁니까?"

"여기서는 아무도 날 죽일 수 없어."

고전호는 음성이 들린 쪽으로 시선을 돌렸다. 예야후보다 훨씬 밝은 푸른빛에 싸인 동아가 십 장 저쪽에 있었다. 예야후는 동아의 출현을 알고 있었던 것처럼 담담한 표정이었다.

"결국 나오셨네요. 사고님."

"차라리 나오지 말았어야 했는데."

그녀의 시선이 어둠의 공간을 물끄러미 응시했다. 그곳 어딘가에 아직도 설백천이 부서진 파편이 떠다니고 있을 것이다.

"방금 이상한 강적을 죽이셨는데 왜 슬퍼하세요? 설마 저 때문인가요? 저와 싸운다는 사실이 그리 슬프세요?"

예야후는 설백천의 죽음을 차마 입에 올리지 못해 침묵을 지켰다. 그래서 고전호가 말했다.

"넌 모르는구나? 소문주님께서 돌아가셨다."

동아는 어리둥절한 표정이 되었다.

"이미 야귀가 되었는데 죽다니요? 설백천의 사정은 당신도 잘 알고 있지 않나요?"

"배교의 주작왕이란 여인이 설백천을 이용해서 이 안으로 들어왔다. 물론 나도 이용당했지만."

고전호의 간략한 설명이 이어지는 동안 동아의 표정은 차

즘 일그러졌다. 눈과 입가가 아래로 처져서 울고 있는 얼굴 그대로였다.

"정말… 정말 설백천이… 설백천이 그렇게 부서졌단 말인 가요?"

"믿고 싶지 않겠지만 그게 사실이다."

파르르 떨던 입술이 꾹 다물어지더니 푸른빛이 점점 붉은 색으로 물들었다. 분노의 색깔이다.

"설백천이 죽을 때 사고님은 뭘 하고 계셨던 거예요! 어떻 게 그런 일이 일어나게 할 수 있어요! 어떻게!"

동아의 고성과는 다르게 예야후의 음성은 낮게 가라앉아 서 나왔다.

"그러게. 난 내 정신 안에서조차 이렇게 무기력하구나."

"그런 바보 같은 말이 어디 있어요! 앞으로 어떻게 할 거예 요! 설백천이 없는데… 그가 없는데… 어떻게… 어떻게 살아 갈 거냐고요!"

사랑의 부재. 흔히 시간이 해결해 준다고 하지만 당장 그 순간만큼은 자신의 죽음조차 하찮게 여겨지는 정신병이다.

"동아야. 부탁이 있어."

"뻔뻔하게 내게 부탁 같은 걸 하겠다는 거예요? 설백천을 그렇게 잃은 주제에?"

"그래도 내 부탁을 들어줄 수 있는 사람은 너밖에 없잖아?"

"무슨 부탁을… 설마……."

"어떡하니? 그 방법밖에 없는걸."

동아가 쏜살처럼 날아와 예야후의 멱살을 잡았다.

"이렇게 도망치겠다는 건가요? 나만 놔두고 혼자 편안한 길을 가겠다고?"

예야후는 잔뜩 성난 동아의 볼을 감싸 쥐었다.

"나보다는 네가 강하니까……."

"그딴 약한 소리는 집어치워요! 그리고 사고님이 제대로 할 수 있을 것 같아요? 자신의 마음조차 제대로 다스리지 못하는 사고님이?"

"할 수 있을 거야."

분노로 이글거리던 동아의 빛이 차가운 푸른색으로 돌아왔다.

"이렇게 자신 없는 사고님께 맡길 수는 없어요."

"너와 나 둘 중 한 사람이 해야 할 일이잖아. 그러니……."

"그러니 차라리 제가 나아요. 사고님보다 훨씬 강한 제가."

"동아야……."

예야후의 멱살을 잡고 있던 동아는 그녀의 가슴에 얼굴을 묻었다.

"원래는 이럴 생각이 아니었어요. 난 그저 사고님과 항상 함께 있고 싶었을 뿐인데. 다른 사람에게 사고님을 빼앗기고 싶지 않았을 뿐인데 왜 내 생각과는 다르게 흘러가는 거죠?"

예야후의 손길이 부드럽게 동아의 머리를 쓰다듬었다.

"나도 아직 모르겠구나."

삶은 세월에 밀려 적응을 해가는 것이다. 나이를 먹으며 그에 맞는 어려움과 시련을 겪으면서 단단해지는 게 인생이다.

그런데 동아는 예야후의 몸으로 너무 빨리, 많은 일을 겪어버렸다. 동아의 나이에는 경험할 수 없는 일들이었고, 특히 설백천에 대한 사랑은 동아가 감내하기에는 너무 거대하고 가혹하기까지 했다.

동아가 예야후를 밀어냈다.

"제가 이 몸을 떠날 때가 된 것 같아요."

"동아 너……."

"하나도 즐겁지 않았어요. 예전 사고님과 함께 있을 때가 가장 좋았어요. 이 몸에 들어오고 나서는, 아니 서귀미혼대법을 펼칠 때부터 좋지 않았어요. 그냥 어쩌다 여기까지 오게 된 것뿐이죠."

동아의 어깨에 손을 얹은 예야후가 물었다.

"괜찮겠니?"

동아는 주변을 둘러보았다.

"이곳과 그리 다를 것 같지 않아요. 그렇죠?"

예야후는 억지로 고개를 끄덕였다.

"여기보다 좋을 거야."

"그곳에 가면 먼저 간 사람들을 만날 수 있겠죠? 사부님은 좀 착해져 있을까요?"

"넌 네 사부와는 다른 좋은 곳으로 갈 거야."

"나쁜 짓 많이 했는데요?"

그녀는 손등으로 동아의 볼을 쓰다듬었다.

"어린애는 모두 하늘나라로 간단다."

"그럼 그곳에서 다시 사고님을 만날 수 있겠네요?"

"나도 네가 있는 곳으로 가려면 노력해야지."

예야후의 손을 잡고 말하는 동아의 목소리는 금방이라도 울음을 터트릴 것 같았다.

"사고님. 그동안… 죄송했어요."

예야후는 그저 고개만 저었다. 아무리 자신을 괴롭히던 동아라도 어린애가 저승의 강을 건넌다는 사실이 예야후를 아프게 했다.

예야후의 품에서 떨어지는 동아의 얼굴에는 아쉬움이 가득했다. 무슨 말인가를 하려던 동아는 그저 보일 듯 말듯한 웃음만 머금고 예야후에게서 멀어졌다.

예야후만을 응시한 동아는 한참이나 멀어지더니 팔을 양 옆으로 벌렸다. 푸른빛이 그런 동아의 주변으로 모여들더니 잠시 후 다시 사방으로 흩어졌다.

별빛처럼 가득 펼쳐졌던 빛이 모두 사라지자 어둠 속에 잠긴 동아는 보이지 않았다.

고전호와 달리 예야후는 동아가 보이는지 어둠의 한 공간을 물끄러미 응시했다. 궁금함을 참지 못한 고전호가 물었다.

"동아는 뭘 하고 있습니까?"

"갔어요."

"네?"

"제 안에서 영원히… 사라졌어요."

"이렇게 간단히 말입니까?"

"동아의 결정만은 그리 간단하지 않았을 거예요."

처연한 목소리로 말을 한 예야후가 빠르게 돌아섰다.

"백천아……."

"네? 소문주님이 어디 계신다는……."

고전호는 하던 말을 삼켰다. 설백천은 어둠 속에서 갑자기 나타난 것 같았다. 푸른빛이 없었다면 코앞에 있어도 알아보지 못했을 것이다.

흑백이 뚜렷한 눈은 그들을 보고 있으니 처음 들어왔을 때의 생기 없는 모습과는 달랐다. 하지만 피부는 여전히 검어서 야귀와 같은 형상이었다.

고전호는 손가락으로 설백천을 가리켰다.

"인간입니까, 야귀입니까?"

설백천에게서 목소리가 나왔다.

"야귀 같은 인간이라고 해야겠지."

"어… 어떻게 된 겁니까? 돌아가셨잖아요?"

"글쎄. 나도 어떻게 된 건지 모르겠군."

예야후가 말했다.

"동아가 죽어가며 백천이 널 살린 거야."

"동아가?"

"나중에 설명해 줄게. 그보다 몸은 어떤 것 같아?"

설백천은 자신의 몸을 둘러봤다.

"이게 내 진짜 몸은 아닐 테니 모르지."

"그렇구나. 진짜 몸으로 보내줄게."

"저도 갈 수 있는 거지요?"

"돌아갈 방법도 모르고 오셨단 말인가요?"

"어떻게든 되겠지 하고 생각했죠. 하하하!"

*　　　　*　　　　*

"술은 마실 수 있겠지?"

도선방의 물음에 설백천은 잔을 내밀었다. 죽엽청이 채워
지는 소리가 청아하게 들렸다.

"앞으로의 계획은? 배교와 싸워야 할 것 같은데."

유재영은 묻는 허일한에게 핀잔을 줬다.

"지금 싸움이 문젠가? 저 피부를 어떻게든 원래대로 돌려놔야지."

"남자 피부가 검으면 좀 어때요? 그렇지?"

설백천은 웃음을 머금고 고개를 끄덕였다.

"내 피부는 이대로 괜찮아. 야후만 괜찮다면."

바로 옆에 앉은 예야후는 배시시 웃으며 말했다.

"검든 희든 백천이 너이기만 하면 돼."

"으아악―! 저 닭살들! 더 이상 못 봐주겠군! 둘이 그냥 방으로 올라가!"

예야후는 얼굴을 붉혔지만 설백천은 아무렇지 않은 표정이었다.

"허 추관이 가지 말라고 해도 시간 되면 갈 거야. 그보다 앞으로의 일에 대해 먼저 얘기를 해야지."

도선방이 말했다.

"배교와 청산권문이 손을 잡았는데 조사한 바도 그렇고 내 생각도 그렇고 결국 배교가 청산권문을 삼킨 것 같다."

"그게 무슨 말이야?"

"조운상이 청룡왕에게 무슨 대법을 받았다고 하더구나."

허일한이 끼어들었다.

"그전에 궁금한 게 있는데 배교와 청산권문이 어떻게 손을 잡은 것이오?"

"예사고가 멸문시킨 한인도문의 안주인인 여채환의 술수지."

"남편과 자식의 복수를 할 수 있는 곳은 배교뿐이라고 생각한 모양이군요."

"나라와 척을 진 배교 또한 돌파구가 필요했을 터. 둘의 이해관계가 맞아떨어진 게 아니겠나?"

유재영이 한숨과 함께 입을 열었다.

"결국 고래 싸움에 청산권문이라는 새우등만 터진 꼴이군요. 내가 아는 조운상은 그리 어리석은 위인이 아닌데 어쩌다 그리된 건지 모르겠군요."

"무림인에게 강해질 수 있다는 유혹은 그 어떤 것보다 치명적인 법이지. 그건 자네가 몸소 보여주지 않았나?"

유재영의 입가에 쓴웃음이 지어졌다.

"정말 어리석은 짓을 하게 되지요."

"거기에 동생에 대한 복수심까지 겹쳐졌으니 여채환과 배교가 내민 독약을 덥석 삼켜 버린 거지."

허일한이 말했다.

"배교와 청산권문이 합쳐졌으니 만만찮은 싸움이 되겠군요."

"만만찮은 정도가 아니라 아주 힘든 싸움이 될 거야. 청산권문의 무력이야 백천이와 예 사고의 힘이면 충분하지만 배교의 사술이 더해지면 얘기는 달라지지. 그들이 만든 화금강인이나 주작왕의 사술만 봐도 배교의 무서움을 알 수 있지. 거기에 여채환이 무한정에 가까운 자금을 댈 테니 목숨을 걸어야 할 걸세."

유재영이 가는 신음을 뱉어냈다.

"음— 길고 지루한 싸움이 되겠군요."

그 말에 대한 설백천의 대답은 단호했다.

"빨리 끝내야지."

좌중의 의아한 시선이 설백천에게 모아졌다.

"빨리 끝내다니?"

"그놈들 모두 청산권문에 모여 있잖아?"

"하오문의 정보에 의하면 아직 별다른 움직임 없이 청산권문에 웅크리고 있다고 하더구나."

"그럼 그곳으로 가면 되겠네."

"무작정 말이냐?"

"예전에 하려다 만 일을 다시 하는 것뿐이잖아."

"예전에 그 일을 하려다 어떻게 되었는지 잊은 것이냐?"

설백천은 끔찍한 화상을 입고 야귀까지 되었었다. 그 결과가 먹물을 뒤집어쓴 것처럼 검은 피부로 변한 설백천이다.

"지금은 전과 달라."

"예 사고가 제정신을 차린 것 외에 뭐가 달라졌단 말이냐?"

"나도 야귀가 되었고."

도선방이 피식 웃었다.

"야귀가 되었다가 돌아온 거지."

"허 추관. 검 빼봐."

술잔을 들려던 허일한이 어리둥절한 표정을 지었다.

"내 검 말이야?"

"응."

허일한은 탁자 옆에 세워둔 검을 뽑았다.

"왜? 네 팔이라도 잘라서 술안주하게?"

"자를 수 있을 것 같아?"

"네가 아직도 날 띄엄띄엄 아는구나."

설백천은 팔을 쭉 뻗었다.

"잘라봐."

유재영이 말했다.

"아무리 야귀라도 허 추관의 검을 견딜 수 없다는 건 너도 잘 알잖느냐?"

"난 야귀지만 또한 여타의 야귀와는 다르지."

"물론 그렇다만 괜히 무모한 짓을 할 필요는 없다."

"내가 당장 청산권문으로 가는 게 무모하지 않다는 걸 보여주기 위해서야."

"네가 야귀로 변했다가 돌아옴으로 해서 금강불괴라도 되었단 말이냐?"

"시험해 보면 알잖아?"

이런 일로 괜한 호기를 부리는 설백천이 아니라는 걸 그들 모두 잘 알고 있었다. 하지만 허일한은 선뜻 설백천의 팔을 향해 검을 내리치지 못했다.

그러자 보다 못한 예야후가 허일한에게서 검을 빼앗더니 설백천의 팔을 향해 휘둘렀다. 예상하지 못한 그녀의 행동에 모두 깜짝 놀라서 급한 숨을 내뿜었다.

퍽!

검은 설백천의 팔뚝에 막혀 더 이상 내려가지 못했다. 물론 예야후가 휘두른 검은 허일한이 모든 공력을 사용해 펼친 검과는 상당한 차이가 있었다.

하지만 방금 그녀가 휘두른 검의 속도는 고수가 펼친 그것과 별반 다르지 않았다. 그럼에도 설백천의 팔에 붉은 자국조차 남기지 못했다.

더 빠르고 힘 있는 검도 설백천에게 피해를 줄 수 없을 것 같았다.

"저들과의 싸움은 이전과는 다를 거야."

설백천의 변화가 놀랍기는 했다. 그래도 도선방은 청산권문으로 쳐들어가는 게 무모하다는 생각을 버릴 수가 없었다.

"어차피 배교는 나라에서도 배척받고 무림의 다른 문파들도 탐탁찮게 생각하는 단체다. 그러니 시간을 두고 다른 문파와 힘을 합쳐서 싸우는 게 어떠냐?"

"시간 끌고 싶지 않아. 이젠 싸움이 지겨워."

하긴 그럴 만도 하다. 혈우권이라는 별호가 붙을 정도로 치열한 길을 걸어왔지만 애당초 설백천이 좋아서 한 싸움은 아니었다.

도선방이 예야후에게 물었다.

"예 사고의 생각은 어떤가?"

"되도록 위험은 적은 게 좋겠지만 백천이의 뜻이 굳이 그러하다면 함께해야죠."

보아하니 둘은 이미 얘기가 끝난 모양이다. 예야후야 천하에 적수를 찾기 힘들 정도이고, 설백천 또한 본래 가진 무공에 신체까지 단단해졌으니 그 강함이야 굳이 말할 필요가 없었다. 저 둘의 자신감이 자만이라고 치부하지 못하는 까닭이다.

"자네들 둘 생각이 그러하다면 준비를 서둘러야겠군."

"그전에 백천이가 들릴 곳이 있어요."

예야후의 말에 의아한 사람은 설백천이었다.

"어딜?"

                    *   *   *

"꼭 여길 왔어야 했어?"

흙먼지 뒤집어쓰며 사흘 내내 쉬지 않고 달려 비로소 당도
한 곳은 성하현(星河縣)에 자리한 회상루(回想樓)라는 이름의
기루였다.

"여기가 어딘지 아는 모양이네?"

"험! 그냥 문주 영감이 말해줬을 뿐이야. 내가 궁금했던 건
아니고."

"정말 그녀가 궁금하지 않았어?"

머뭇거리던 설백천이 대답했다.

"많이는 아니고 조금은 궁금했지."

"그럼 들어가서 궁금함을 풀어야지."

"지금 굳이 이럴 필요가 있을까? 굳이 와야 한다면 모든 싸
움이 끝난 후에……."

"굳이 올 곳이라면 빠른 게 좋잖아."

예야후를 보던 설백천은 고개를 절레절레 저었다.

"다른 여자들은 남자가 행여 다른 여자 만날까 봐 걱정을
하던데 넌 어째 반대냐?"

"그녀는 다른 여자가 아니잖아. 나 때문에 네가 힘들어할 때 네 곁에서 유일하게 위로가 되어주었던 사람이잖아. 그런 사람을 아프게 하면 벌 받아."

설백천은 이 층짜리 건물 꼭대기에 걸린 현판을 보았다. 회상루. 여남희 자신의 마음을 기루 이름에 그대로 옮겨놓았을 것이다.

"나 혼자 들어가?"

"난 아까 지나친 사거리 모퉁이에 있는 객잔에 있을게. 네 모습이 흉측하다고 쫓겨나면 거기로 와."

웃음을 보인 예야후는 총총걸음으로 사라졌다. 이렇게 그의 여자 문제까지 신경 써주는 예야후에 대한 고마움은, 버린 여인을 다시 만나야 한다는 어색함에 묻혀 버렸다.

'뭐라고 말을 걸어야 하지?'

기루 앞에 서서 고민을 하고 있는데 왼쪽에서 목소리가 들렸다.

"설… 도주님?"

고개를 돌리자 분홍색 옷을 곱게 차려 입은 여남희가 보였다. 그녀의 곁에는 얼굴색이 하얀 준수한 외모의 남자가 서 있었다.

第四十六章

정리해야 할 몇 가지 것들

야수왕

"난 먼저 들어가 있지."

사내는 설백천에게 가볍게 목례를 한 후 기루로 들어갔다.

"여긴 어쩐 일이세요?"

설백천은 가렵지도 않은 볼을 긁적였다.

"그냥 근처 지나다가 어떻게 지내나 궁금해서."

"제가 있는 곳은 어떻게 아시고요?"

"오지랖 넓은 문주 영감이 알려주더군."

여남희의 얼굴이 차갑게 변했다.

"전혀 알리고 하지 않았는데 문주님이 알려줘서 지나는 길에 그냥 들렸다는 거네요?"

일목요연하게 정리를 하니 설백천이 한 말 그대로인데 왠지 좋게 들리지 않았다.

"그… 그런가?"

설백천을 째려보던 여남희가 물었다.

"얼굴은 왜 그래요?"

"얼굴뿐 아니라 온몸이 이래."

"그러니까 왜냐고요?"

"얘기하자면 긴데……."

"그럼 관둬요."

여남희는 몸을 돌려서 기루로 들어갔다. 홀로 남은 설백천은 지나는 행인들의 시선을 받으며 우두커니 서 있을 수밖에 없었다.

따라오라는 소리가 없었으니 기루로 들어가기도 어색했고 그냥 돌아가는 것도 우스운 노릇이다. 어정쩡하게 서 있는데 들어갔던 여남희가 대문 밖으로 고개를 내밀었다.

"안 들어오고 뭐해요?"

"들어오라는 소리도 안 했으면서."

투덜거린 설백천이 기루로 걸음을 옮겼다. 대문을 들어서자 일 층으로 통하는 문까지 섬돌이 놓여 있고 잔디가 심어진 마당에는 석등과 작은 연못이 자리해 운치를 더했다.

식당으로 쓰는 일 층을 지나 이 층으로 올라가는 계단을 밟으며 설백천이 물었다.

"아까 그 남자는 누구야?"

슬쩍 지나가는 말처럼 물었고 여남희도 아무렇지 않게 대답했다.

"이 기루 차려준 사람이오."

"험! 이… 이 정도 기루를 차려줄 사람이면 꽤 가까운 사이겠네?"

"당연하죠."

이제 이 기루가 불편해졌다. 괜히 왔다는 생각이 절로 들면서 빠져나갈 적당한 핑계를 찾기 위해 머리를 굴렸다.

그런데 머리는 떠날 이유를 찾는데 마음속에서는 은근히 화가 났다. 여남희에 대한 감정이 연민과 미안함뿐이라면 오히려 축하를 해줘야 할 일이다.

남자 특유의 소유욕이라 치부하려 해도 속은 부글부글 끓어올랐다.

"날 떠난 후로 빨리도 물주를 찾았네."

여남희는 계단을 올라가다 말고 돌아섰다.

"말은 정확히 해야죠. 제가 도주님을 떠난 게 아니라 도주님이 절 쫓은 거잖아요."

"쫓은 건 아니고……."

"쫓은 거죠! 난 사랑하는 사람이 있으니 넌 꺼져 버려! 그 렇게 말했잖아요!"

"내가 언제……."

또 그녀가 설백천의 말을 끊었다.

"에둘러 표현했을 뿐 뜻은 그게 아니었나요?"

그때 시비 복장을 한 여인이 계단 위에서 나타났다.

"마님. 주안상 준비해 놨습니다."

"누가 주안상을 보라고 했느냐?"

여남희의 날카로운 목소리에 시비가 당황한 표정으로 대답했다.

"공자님께서 손님이 오셨다고……."

"쓸데없는 짓을 했구나."

"이왕 차렸으니 먹어야지."

설백천은 여남희보다 먼저 계단을 올라갔다.

"어디로 가면 돼?"

"네? 이… 이쪽으로……."

시비는 설백천을 복도의 가장 끝에 자리한 방으로 안내했다.

정면에 커다란 창이 있고 좌측에는 거문고를 비롯한 여섯 가지 악기가 놓인 낮은 무대가 자리했다. 여러 점의 그림과 도자기들이 어우러진 방은 여타의 기루와는 달리 그리 화려

하지 않았다.

　손님이 없는 낮에 마련한 주안상 치고는 푸짐했다. 설백천
이 자리에 앉자 여남희가 들어왔다.

　그녀는 여전히 차가운 표정이었고 시선도 설백천에게 비
켜나 창문 바깥에 초점이 맞춰져 있었다.

　설백천이 여남희에게 함께할 수 없다고 한 건 오로지 그녀
를 위해서였다. 그런데 여남희가 저리 화를 내고 있으니 서운
한 감정이 그 크기를 더했다.

　설백천이 술병으로 손을 가져가는데 여남희가 먼저 병을
잡았다.

　"명색이 기루에 왔는데 손님이 스스로 술을 따르게 할 수
는 없지요."

　여남희는 설백천 것뿐만 아니라 자신의 잔도 채웠다. 그리
고 설백천보다 먼저 잔을 비웠다.

　"이제 찾아온 용건이나 말해보세요."

　할 말만 하고 꺼지라는 말투였다. 울컥 화가 치민 설백천은
언성을 높이려다 예야후가 해줬던 말을 상기했다.

　"그녀가 어떻게 나오든 네게 있었던 얘기만 그대로 해줘. 네가
당시에 처해 있었던 상황. 지금 그녀에게 느끼는 감정을 솔직하게
말해. 그러면 돼."

심호흡을 한 설백천은 그래서 여남희를 보낼 수밖에 없었던 그때의 얘기를 해주었다. 누군가에게 얘기로 자신의 감정을 내보이는데 서툰 설백천이었기에 얘기는 자주 끊겼고 그 자리를 술이 채웠다.

　어쨌든 설백천은 당시 자신의 상황과 감정을 가감 없이 솔직하게 전해주었다.

　그리고 자신이 왜 이런 모습이 되었고 앞으로 또 어떤 일이 기다리고 있는지에 대해서도 얘기했다.

　하지만 끝내 현재 그가 느끼고 있는 여남희에 대한 감정은 입 밖으로 내지 못했다. 그러자 그녀가 물었다.

　"절 찾아오신 게 예야후라는 분의 강요 때문이란 말인가요? 단지 그것뿐이에요?"

　물론 예야후가 데려오지 않았다면 지금 이 자리에 설백천은 없을 것이다. 하지만 '단지 그것뿐이에요?'라는 물음에는 설백천이 지금 여남희에게 느끼는 감정이 어떤지에 대한 것도 포함되어 있었다.

　그래서 쉽게 대답을 하지 못했다. 그 자신조차 지금 여남희에게 느끼는 감정을 이해할 수 없기 때문이다.

　설백천의 대답이 늦어지자 여남희가 다시 말했다.

　"그냥 지금 느끼고 있는 감정을 솔직하게 얘기해 보세요."

"질투… 젠장! 이렇게 솔직할 필요는 없었는데."

여남희가 처음으로 웃음을 보였다.

"정말인가요?"

"나도 모르지. 한 번도 그런 감정을 느껴본 적이 없으니. 하지만 화가 나는 건 분명하군."

"제 옆에 있던 그 남자에게요?"

"너에게도."

"내가 다른 남자를 만나는 것에 대해 도주님이 화를 낼 자격은 없는 것 같은데요?"

"화가 나는데 자격 따위가 무슨 필요가 있어?"

"하긴 순전히 감정의 문제니까요."

술잔을 단숨에 비운 설백천이 물었다.

"그래서 그놈을 좋아해?"

"물론이죠."

역시 화가 났다. 여남희의 대답이 잠시의 사이도 두지 않고 즉각적으로 나와서 더욱 그랬다.

"나보다 더?"

이번에는 조금 생각하는 표정을 짓더니 대답했다.

"종류가 달라요."

"종류라니? 두 남자가 있는데 무슨 종류가 다르다는 거야?"

"한 사람은 남자지만 다른 한 사람은 친척이니까요."

설백천이 어리둥절한 표정을 지었다.

"친척… 이라니?"

"세상일에 그리 정통한 하오문 문주님께서 말씀해 주시지 않았어요? 재남이는 제 사촌동생이에요."

"재남이라면… 아까 그놈?"

"네. 아까 그놈이 제 아버지 동생의 아들이죠. 십 년 만에 만난. 이른 나이에 상인으로 성공을 거둔 덕분에 제가 덕을 보고 있어요."

여남희가 있는 곳에 데려온 사람은 예야후지만 소식을 알려준 건 도선방일 것이다. 그리고 도선방이 이 사실을 몰랐을 리 없다.

물론 예야후도 알고 있었을 것이다. 그럼에도 얘기해 주지 않은 이유는 한 가지밖에 없었다.

"두 사람 모두 날 골탕 먹이고 싶었던 거군."

"두 사람이라니요?"

"아냐. 어쨌든 다행이네."

"재남이가 제 사촌동생이라는 것이 도주님께 왜 다행이죠?"

"그게 뭐… 그냥 그렇다고. 그럼 다른 놈은 없고?"

"언제까지 말을 빙빙 돌리실 건가요?"

"응?"

"여기 오신 이유가 저 때문이잖아요? 저에게 바라는 게 정확히 뭐죠?"

직접적으로 묻자 잠시 말문이 막혔지만 마음 그대로 얘기하기로 했다.

"내게 다시 와."

이번에는 그녀에게 침묵이 찾아왔다. 사실 설백천이 여남희에게 올 때만 해도 그가 손만 내밀면 그녀가 기뻐서 품에 안길 줄 알았다.

그런데 여남희가 보인 반응들은 설백천의 기대와는 전혀 달랐다.

"내 외모가 이렇게 돼서 싫은 거야?"

거의 평생을 악인도에서 살았고 무림에 나와서도 겉모습에는 전혀 신경 쓰지 않았다. 외모 따위야 설백천에게는 전혀 중요한 문제가 아니었다.

그런데 이곳까지 오는 동안 설백천은 그 어느 때보다 사람들의 시선을 많이 받았다.

그냥 그러려니 했는데 지금 여남희의 반응 때문에 처음으로 검어진 피부에 신경이 쓰였다.

다행히 그녀의 고개가 좌우로 움직였다.

"피부가 검든 붉든 도주님은 도주님이니 상관없어요. 하지만……."

"하지만 뭐?"

"지금은 도주님께 가지 않을래요."

"이유가 뭐야?"

"사람의 마음이란 시시때때로 바뀌고 감정은 봄 날씨보다 변덕스러우니까요. 지금은 이유야 어찌 되었든 도주님이 절 원하지만 모든 일이 다 끝나고 홀가분해지면 저란 계집이 귀찮게 느껴질 수도 있죠."

"그런 일은 없을 거야."

"세상에 말처럼 쉬운 게 없어요."

이미 한 번 버림받은 여남희이기에 설백천을 믿지 못하는 것도 당연했다.

"모든 일이 끝나고도 지금 마음이 변치 않으면 그때 오세요."

"내가 죽을까 봐 걱정하는 건 아니지?"

그녀가 웃었다.

"세상에서 가장 강한 사람이 도주님이잖아요."

*　　　*　　　*

마차의 흔들림에 몸을 맡기고 있던 설백천이 놀라서 물

었다.

"또 갈 데가 있다고?"

"여기서 이틀이면 돼."

"그냥 청산권문으로 가지. 후딱 마무리 지은 다음에 홀가분하게 다니는 게 좋잖아."

"마무리를 잘하기 위해서야."

"지금 만나러 가는 사람이 싸움에 도움이 된다는 거야?"

"별로 그럴 것 같지는 않아."

설백천은 의심스러운 눈으로 예야후를 봤다.

"무슨 꿍꿍이야?"

"사실 나도 잘 몰라. 물론 여남희라는 여인을 만나게 한 건 내 생각이 맞지만 나도 싸움이 모두 끝난 후에 찾아가는 게 좋을 거라 생각했었거든."

"그럼 이렇게 돌아다니는 건……."

"문주님과 유 사부님이 권해서야."

"지금 만나러 가는 사람이 누군데?"

"네가 가장 많이 걱정했던 사람."

"그건 넌데?"

예야후가 부끄러운 듯 웃었다.

"나 말고 악인도에서부터 함께했던 사람 말이야."

대번에 이름 하나가 떠올랐다.

"설마 천 사부?"

"송엽현(松葉縣)이란 곳의 현감으로 부임하신대. 우리가 갈 때쯤 천 사부님도 도착하실 거야."

"정말이야? 정말 무사해?"

원래 천인조가 있던 직책에 비하면 현감은 품계도 한참 낮고 한직이지만 살아 있다는 자체만으로 기뻤다.

"일이 잘 풀린 모양이야. 자세한 사정은 나도 모르니 만나면 직접 여쭤봐."

천인조가 무사하다는 사실에 기뻐하다가 도선방과 유재영의 의도가 궁금해졌다.

"싸움을 앞둔 지금 굳이 너와 날 이렇게 각지로 돌아다니게 하는 이유가 뭐야? 다 끝내고 만나도 되잖아? 화급을 다투는 일도 아니고."

"우리 둘이 하는 여행이라고 생각하래."

그런 의미라면 나쁘지 않았다. 마지막 싸움이 남아 있긴 하지만 설백천이나 예야후 모두 그리 걱정하지 않았다.

이긴다는 확신이 있어서가 아니다. 어차피 해야 할 싸움, 지금 승패를 염려하는 건 쓸데없는 걱정이라는 걸 둘 모두 알기 때문이다.

그보다는 이렇게 함께 다니는 시간을 더 즐겼다. 웃으며 애기하고 함께 먹고 같은 이불을 덮고 자며 서로의 체온을 나누는 시간들.

훗날 일생에서 가장 행복한 때가 언제였냐고 누군가 묻는다면, 어쩌면 지금 이 시간들을 얘기할지도 모른다.

"그리고 여남희와 천 사부를 만나는 게 네 싸움에 도울 될 거래."

"내게 무슨 도움이 돼?"

"네가 꼭 이겨야 할 이유가 그만큼 많아진다고."

*　　　*　　　*

"네? 관기(官妓)를 모두 내보내라고요?"

"그리하게."

현의 주부(主簿) 중 우두머리인 이부(理簿) 장두재(張頭材)는 난감한 표정을 지었다.

"관노(官奴)의 반을 사면시키라고 하시더니 이번에는 관기를 내보내라니요? 아문의 일손이 딸리는 것도 그렇고 중요한 행사가 있을 때 어찌하시려고요?"

"이 작은 아문에 마흔 명의 관노가 무슨 필요가 있단 말인가? 오래 고생한 관노는 면천(免賤)시켜 줘도 무방할 터. 그리고 앞으로 이곳에서 풍악이 울리는 일이 없을 테니 당연히 관기는 쓸모가 없지."

장두재가 천인조를 달래듯 말했다.

"이곳이 작은 현이기는 하나 지방의 유지들도 여럿이고 가끔 높은 어른들도 들르는 곳입니다. 풍광이 워낙 좋은 곳이라서요. 관노야 그렇다 쳐도 관기는 꼭 필요하니……."

"백성의 피 같은 세금을 관리들의 유흥으로 낭비하는 건 청백리(淸白吏)로서 할 도리가 아니지. 더 이상 토 달지 말고 시키는 대로 하게."

떨떠름한 표정의 장두재는 마지못해 대답을 하고 자리를 떴다.

"악인도까지 갔다 온 주제에 청백리? 흥!"

관노까지는 양보해 줄 수 있었다. 천인조 말대로 숫자가 너무 많아 양식만 축내는 놈들이 꽤 되기 때문이다. 하지만 관기는 다르다.

그들 하급 관리들의 밤을 언제든 위로해 주는 존재가 관기이니 절대 놓칠 수 없었다.

"신입 현감이 설치면 어떻게 되는지 똑똑히 보여주지."

주부가 비록 구품에 불과한 하급 관리라고는 하나 평생을 이곳에서 지낸 토박이다.

하찮은 벼슬이라도 나랏일을 보다 보면 자연 인맥도 넓어지고 토호와 상부상조하는 관계가 되게 마련이다.

주변이 온통 그의 편이니 현감 하나 허수아비 만드는 건 일도 아니었다.

"일단 토호와 주부들을 소집해야겠군."

* * *

풍악과 기녀들의 웃음소리가 간드러지게 울리는 흥겨운
자리였다.

"하하하하! 똥개 훈련시키는 것보다 신입 현감 길들이는
게 훨씬 쉽지!"

송엽현 땅의 삼 할을 소유하고 있는 땅부자 고창성(高昌成)
이 호기롭게 말을 하자 장두재가 맞장구를 쳤다.

"그럼요! 아마 사흘이면 꼬리를 내릴 겁니다!"

술을 홀짝이던 예부(禮簿) 도형양(都兄梁)이 조심스럽게 말
했다.

"그래도 이번 현감은 조심해야 합니다."

차 장사로 부를 쌓은 배삼호(培三虎)가 물었다.

"이번 현감은 뭐가 달라서?"

"별 볼 일 없이 이곳저곳 전전하는 관리가 아니라 원래는
중앙의 고위 관리 아니었습니까?"

"그러다 폐하의 눈 밖에 나서 악인도까지 갔다 왔지. 하마
터면 이번에 죽을 뻔했고 말이야."

배삼호는 장사치답지 않게 정치권에도 밝았다.

"하지만 죽지 않았지요. 그 이유가 무엇이겠습니까?"

"뭐, 여기저기서 도움을 줬다고 하더군. 들리는 소문으로는 폐하 앞에서 손이 발이 되도록 싹싹 빌어서 겨우 목숨을 건졌다고 하던데."

"황제 폐하의 마음을 돌릴 정도로 상소가 많았다는 건 그만큼 친구도 많다는 것 아니겠습니까?"

장두재가 코웃음을 쳤다.

"흥! 아무리 친구가 많으면 뭐하나? 그들은 모두 북경에 있는데. 우리가 현감의 손발을 다 묶어버리면 무슨 수로 연락을 한단 말인가? 혼자 걸어가면 모를까. 안 그렇습니까?"

장두재가 동의를 구하자 도형양을 뺀 여덟 명이 저마다 머리를 끄덕이며 동조했다. 그에 힘을 얻은 장두재가 다시 말을 이었다.

"그리고 고위 관리 친구를 둔 사람은 천인조뿐만이 아니지요. 폐하에게 이미 미운털이 박힌 자입니다. 그런데 또 나쁜 말이 폐하의 귀에 들어가면 어떻게 되겠습니까? 조심해야 할 사람은 천인조지 우리가 아닙니다."

이미 거나하게 취한 형부(刑簿) 왕승대(王承大)가 큰 소리로 말했다.

"까짓것 그냥 몽둥이로 다스리지요! 시장통 왈짜패 몇 데려다 패면 책상물림 따위는 단숨에 말랑말랑해질 겁니다!"

풍악 소리와 왕승대의 목소리 때문에 누가 방에 들어오는 걸 아무도 눈치채지 못했다.

"내가 많이 맞아봤는데 오히려 단단해지더군."

처음엔 다들 누가 얘기했는지 알지 못했다. 그러다 도형양이 깜짝 놀라며 자리를 박차고 일어섰다.

"혀… 현감 나리!"

모두의 시선이 한 방향으로 모였다. 천인조는 문 앞에서 뒷짐을 진 채 방안을 둘러보았다.

"눈을 즐겁게 하는 미인들과 귀를 즐겁게 하는 풍악에 입안 가득한 미주라. 이곳이 바로 극락이로구만."

엉거주춤 일어선 도형양 뒤로 고창성이 벌떡 일어났다.

"허허허! 귀한 손님이 갑자기 나타나셨으니 이보다 반가운 일이 어디 있겠습니까? 여봐라! 무얼 하느냐! 여기 상석에 자리 하나 마련해라!"

장사로 잔뼈가 굵은 자라 임기응변도 뛰어났고 속과 다른 웃음도 잘 지었다. 하지만 천인조는 고창성의 장단에 맞춰주지 않았다.

"불청객은 불청객답게 용건만 끝내고 가야지요."

천인조는 품에서 봉투를 꺼냈다. 개수도 많고 두툼해서 손을 한껏 벌려서 잡아야 했다.

"어디 보자, 이건 똥개 훈련시키는 것보다 날 길들이는 게 쉽다고 한 고 대인 것이고, 이건 내가 폐하께 미운털이 박힌 걸 너무도 잘 아는 고 이부의 것이고… 참고로 내가 북경에 전갈을 넣을 일이 있어도 내 발로는 가지 않을 걸세."

천인조는 이름이 적힌 봉투를 각각의 사람 앞에 하나씩 놓았다.

"이건 배 대인 것이로군."

천인조는 배삼호 앞에 놓은 봉투를 툭툭 쳤다.

"내가 지금 봉투를 두드린 게 무엇이오?"

배삼호가 엉겁결에 대답했다.

"손가락입니다."

"분명 손가락이지 발가락이 아니지요? 그러니 손이 발이 되도록 빌지는 않았습니다. 그리고 마지막으로 내 뼈를 나긋 나긋하게 해준다는 왕 형부."

이 방에 자리한 아홉 명 앞에 각각 하나씩의 봉투가 놓여졌다. 하지만 누구도 봉투 안을 열어서 내용물을 확인하려고 하지 않았다.

너무 놀라서였다. 천인조의 등장만으로 그러할진데, 천인조는 이 자리에 있었던 것처럼 그들이 한 대화를 모두 알고 있었다.

문 밖에서 귀를 대고 있었더라도 풍악 소리 때문에 대화가 들렸을 리 없다. 왕승대가 마지막 친 큰 소리라면 모를까.

"이것이 무엇입니까?"

그나마 천인조의 흉을 보지 않았던 도형양이 조심스럽게 물었다. 시종 부드러운 표정을 짓고 있던 천인조의 얼굴에 서릿발 같은 한기가 서렸다.

"바로 오늘까지 그대들이 지었던 죄다! 선량한 백성의 재산을 빼앗고 착취했으며 사사로운 이익을 위해 국법을 어긴 죄상이 낱낱이 적혀 있느니라! 내 시간이 없어 대충 조사한 것만 그 정도인데 세세하게 살펴보면 또 얼마나 많은 여죄가 나올지 알 수 없구나! 거기 적힌 죄만으로 가볍게는 곤장 백 대에 무거운 자는 참수까지 처할 수 있으니 모두 각오하고 있으라!"

재빨리 봉투의 내용물을 꺼내 읽은 왕승대가 벌떡 일어섰다.

"곤장형 대신 벌금을 물린 게 어찌 죄가 된단 말이오!"

"물론 때에 따라서는 돈으로 벌을 대신할 수도 있지. 그런데 그 돈이 어디로 갔는가?"

"그거야 전임 현감께도 드리고 수하들에게도 나눠주고……."

"반 이상은 자네가 가지고?"

"그거야 아문의 오랜 전통인데 어찌 불법이란 말이오?"

누군가의 입에서 한숨이 새나왔다. 돈으로 벼슬을 산 무식한 왕승대는 합법과 불법의 경계조차 알지 못했다.

분위기가 이상하자 왕승대가 옆에 있는 도형양에게 슬그머니 물었다.

"불법인가?"

"벌금은 아문에 귀속되어야 하니 당연히 불법이지."

"내가 아문의 관리인데… 그런데 귀속이 뭔가?"

이번에는 한숨이 여러 군데서 나왔다.

"어쨌든 내가 관리이니 아문이 곧 나고 내가 곧 아문이지! 이 자리 차지하느라 들인 돈이 얼만데 그런 게 아니면 어떻게 본전을 뽑는단 말인가? 들어간 돈도 못 찾게 하는 게 불법이지! 안 그런가?"

물론 동조를 하는 사람은 없었다. 주위의 반응이 어떠하든 왕승대는 더욱 목청을 높였다.

"날 벌주고 싶으면 어디 한번 그렇게 해보시오! 송엽현 이 바닥에서 날 건드릴 수 있는지 한번 봅시다! 법은 멀고 주먹은 가까운 데 있는 법!"

왕승대는 주먹을 불끈 쥐어 보였다. 이십 대 때 왈짜패의 우두머리로 있었던 성질은 마흔이 되어서도 고쳐지지 않았다.

"높은 어르신이라고 내가 벌벌 길 줄 아시오? 그런 양반들

일수록 뼈는 더 잘 부러집디다! 으악!"

호기롭게 목소리를 높이던 왕승대의 입에서 비명이 터졌다. 허공에 대고 흔들던 그의 손에는 긴 젓가락이 박혀 있었다.

나무로 만든 젓가락이 손을 관통한 것도 놀라울뿐더러 그것이 어디서 날아왔는지 아무도 보지 못했다.

"이… 이런 좆같은! 누구냐! 누가 감히……! 켁!"

이번에는 뺨에서 피가 튀었다. 마치 젓가락이 그곳에 갑자기 생긴 것처럼 날아오는 것조차 보이지 않았다.

"아악!"

뒤늦게 놀란 기녀들이 우르르 뛰쳐나가고 풍악은 멈췄다. 천인조가 느릿한 어투로 말했다.

"왕 형부. 자네에게 내려질 벌은 아직도 남았으니 치료 잘 받게. 또 내게 법은 멀고 주먹은 가깝다는 훈계를 하실 분이 계시오?"

아무도 대답을 못한 채 눈동자만 굴리고 있었다. 지금의 천인조는 마치 귀신이 돕고 있는 것 같았다.

부임한 지 이틀밖에 되지 않았는데 그들에 대해 낱낱이 알고 있을 뿐만 아니라 상상할 수 없는 무력을 가진 조력자까지 가졌다.

이제 길들여질 똥개는 천인조가 아니라, 토호와 관리들이 천인조를 향해 꼬리를 흔들어야 할 판이었다.

"험! 자리에 없을 때는 나라님에게도 험담을 한다고 하지 않소? 그저 우리의 농이었을 뿐이지요. 허허허!"

고창성의 말에 천인조의 입가에도 웃음이 그려졌다.

"물론 그렇겠지요. 하지만 제가 드린 봉투는 농이 아닙니다. 그러니 여러분께는 지금부터가 중요합니다."

"저희가 뭘 하면 되겠습니까?"

"여러분이 저지른 불법과 악행을 누가 시켜서 한 것은 아니지요? 그러니 그것을 상쇄할 방도도 여러분이 찾아야지요. 며칠 내로 백성들의 입을 통해 여러분의 평판을 직접 듣고 죄에 대한 합당한 벌을 내릴 것입니다. 제 인내심이 부족해 오래 기다리지 못하니 서두르는 게 좋을 겁니다."

그 말이 끝나기 무섭게 두 명이 후다닥 뛰어나갔다. 아홉 명의 인물이 방안을 빠져나가는 데는 숨 세 번 쉬는 시간도 걸리지 않았다.

"너희도 그만 나가보아라."

악기를 연주하던 예기들도 기다렸다는 듯 방에서 사라졌다. 하지만 거문고를 무릎에 얹은, 면사를 쓴 예기는 여전히 자리를 지키고 있었다.

"언제까지 답답한 걸 쓰고 있을 셈이냐?"

면사가 걷히자 설백천의 검은 얼굴이 나타났다.

"천 사부도 많이 변했네."

"뭐가 말이냐?"

"대꼬챙이처럼 꼬장꼬장했는데 이젠 제법 사람 다룰 줄도 알고."

천인조가 웃음을 머금었다.

"곧기만 하면 쉬이 부러지더구나."

"알고 있었잖아?"

"부러질지언정 휘지는 않겠다고 생각했는데, 때때로 조금은 휘어질 줄도 알아야 한다는 걸 깨달았다. 하지만 내가 아는 정도에서 벗어나는 일은 없을 것이다. 물론 너도 그리 해야 하고."

"봐서."

천인조가 웃는 얼굴로 말했다.

"어쨌든 네 덕분에 토착 세력들과의 문제는 쉬이 해결될 것 같구나."

"하오문의 정보력 덕분이지."

설백천은 거추장스러운 겉옷을 벗고 진수성찬이 차려진 탁자 앞에 앉았다.

"오랜만에 술이나 한잔할까?"

설백천이 천인조의 잔에 술을 따르며 물었다.

"이제 평생 현감으로 사는 거야?"

"높은 어르신이 그러더구나. 잠시 쉬고 오는 셈 치라고."

"그럼 다시 옛날처럼 다시 고위 관리가 되는 거네?"

"사람의 앞날을 어찌 알겠느냐? 그저 현재에 충실해야지. 관리와 토호들이 지금은 놀라 순순히 물러났지만 이대로 쉽게 무너질 위인들이 아니다."

"그건 걱정 마."

"그게 무슨 말이냐?"

"야후가 놈들의 허리를 나긋나긋하게 만들어놓을 테니까."

"무슨 짓을 하려고? 여긴 악인도나 무림이 아니다. 국법에 어긋나는 짓을 해서는 안 돼."

설백천이 능청스럽게 볼을 긁적였다.

"다 허리를 부러뜨리면 간단하잖아?"

"인석아! 무력으로 해결할 일이 있고…….."

"알아. 야후하고 하오문에서 잘 해결할 테니까 천 사부는 마음 푹 놓고 있어."

"하오문에서 나선다니 그나마 안심이 되는구나."

"뭐야? 나보다 하오문을 더 믿는다는 말이야?"

"산전수전 다 겪은 그들이 천방지축 날뛰는 너보다 믿음직스러운 건 당연하지 않느냐?"

"쳇! 나도 예전과 다르다고."

"내 눈에는 악인도에 있을 때와 하나도 다르지 않다."

항상 아버지에 가장 가까운 존재였던 천인조였기에 설백천을 대하는 마음이 그러했다.

"서둘러 가봐야 하지 않느냐?"

천인조도 설백천의 싸움에 대해 대충이나마 들었기에 그리 말했다.

"가야지."

"조심해라."

천인조의 걱정스러운 어투와 달리 설백천의 대답은 무덤덤했다.

"내가 이길 거야."

＊　　　＊　　　＊

사백칠십이 명 중에서 고르고 그른 쉰 명이다. 저 중에서 반이나마 살아남으면 성공이었다.

"분명히 말하지만 난 반대했소."

지하실로 내려가는 벌거벗은 쉰 명의 사내를 보며 허일한이 말했다.

"나도 좋아서 하는 일은 아니야."

그 말처럼 도선방의 얼굴도 무겁게 가라앉아 있었다. 도선방만큼이나 안 좋은 표정에서 나오는 유재영의 어투도 한숨 같았다.

"그나마 배교와 청산권문 연합에 맞서려면 우리도 야귀가 필요하니 어쩔 수 없는 선택이지요. 다만 돈 때문에 야귀가 되어야만 하는 저들이 불쌍할 뿐이지요."

선한 인간이라고 할 수 없는 유재영조차 저들에 대한 측은 지심을 감추지 못했다.

도선방이 자신을 위안하듯 중얼거렸다.

"예 사고가 설백천이 그러했듯 저들을 돌려놓을 수 있을지도."

*   *   *

마차 밖의 풍광을 보던 설백천의 얼굴이 점점 일그러지더니 종국에는 금방이라도 울듯한 표정이 되었다.

"여길 꼭 들러야 해?"

"마지막 여정이야."

설백천은 긴 한숨을 쉬었다.

"내 평생에 마지막이었으면 좋겠군."

"왜 그래? 네 집이잖아?"

"내 집은 내가 사는 곳이야. 여긴 그저 복주권문일 뿐이지."

"네 아버지와 형제들이 있잖아. 난 내 부모님이 누군지만 알아도 좋겠어."

창밖을 보며 중얼거리는 예야후의 말이 너무 아프게 들려 설백천은 그녀의 손을 잡아주었다.

한 번도 아버지와 형제들의 존재를 소중하게 생각해 본 적이 없었고 지금도 마찬가지다. 그들보다 오히려 허일한이 더 가깝게 느껴졌다.

하지만 자신이 실감나지 않는다고 예야후에게 그리 말할 수는 없었다. 그녀는 어쩌면 세상에서 가장 불행하게 태어난 존재인지 모르기 때문이다.

굽이굽이 돌아간 마차는 드디어 저 멀리 복주권문이 보이는 곳까지 왔다. 설백천은 마차의 좌석이 가시방석이라도 되는 것처럼 불편했다.

가족이라는 이름으로 묶여 있지만 소속감은 전혀 가질 수 없는, 그래서 주변인처럼 느껴지는 그 기분이 싫었다.

설백천의 기분이야 어찌 되었든 꾸역꾸역 움직인 마차는 복주권문에 도착했다.

마차에서 내린 설백천은 움찔 걸음을 멈췄다.

"어서와!"

설수민이 달려들어 그를 와락 껴안았다. 너무 격한 환영이었다. 등을 토닥인 그녀는 설백천을 밀치더니 예야후에게로 갔다.

"어머! 세상에나! 세상에나! 사람 맞아? 너무 예뻐서 질투
도 안 나네."

원래 저렇게 호들갑스럽지 않았는데 설수민은 오늘따라
유난을 떨었다. 예야후는 수줍게 웃으며 인사를 했다.

"처음 뵙겠습니다."

"호호호! 무림에서 위명이 자자한 모산파의 사고님을 뵙다
니. 영광이에요."

설수민이 호들갑을 떠는 사이 설백천은 주위를 둘러보았
다. 마중을 나온 사람은 그녀뿐만이 아니었다.

설인환을 비롯해 세 형제도 설백천 앞에 서 있었다. 설백천
이 그들을 향해 물었다.

"내가 오는지 어떻게 알았어?"

설인환이 부드러운 미소를 지으며 대답했다.

"하오문에서 연락이 들어왔다."

"하여간 쓸데없는 짓은 잘한다니까. 오고 싶어서 온 건 아
니야."

"오기 싫어도 와야 하는 곳이 집이기도 하지. 들어가자."

안 본 사이 설인환은 가진 기운이 많이 부드러워진 것 같았
다. 풍기는 기도 또한 예전보다 유해졌다.

설인환과 어깨를 나란히 하고 걸어가던 설백천이 물었다.

"그 나이에 무공의 또 다른 성취를 이룬 거야?"

무인의 기운이란 쉽게 변하지 않고 그 기운이 변했다는 건 무공의 변화를 의미하는 경우가 대부분이었다.

"너와 예 사고 앞에서 어찌 무공의 성취 운운하겠느냐?"

뒤따라오던 설우명이 말했다.

"아마 너보다 약하지 않으실 거다."

물론 설백천은 그리 생각하지 않았다. 설인환이 아무리 강해져도 가진 무공이 다르고 또한 설백천은 야귀의 힘을 얻어 전보다 훨씬 강해졌다.

하지만 굳이 생각을 말할 필요는 없었다.

"듣자 하니 청산권문과 배교가 힘을 합쳤다고?"

"응. 곧 싸움이 있을 거야."

"자신 있느냐?"

"싸워보면 알겠지."

"힘이 필요하냐?"

"왜? 보태주게?"

"네가 원하면."

설백천은 걸음을 멈췄다. 하지만 설인환은 계속 같은 속도로 앞서갔다. 잰 걸음을 옮긴 설백천이 다시 설인환과 어깨를 나란히 했다.

"배교와 청산권문이 만만해 보이나 보지?"

"배교의 사술도, 청산권문의 강함도 알고 있다. 싸움에 나선다면 복주권문의 명운을 걸어야겠지."

"그걸 알면서 싸우겠다고?"

설인환이 희미한 웃음을 머금었다.

"소중하다고 검을 검집에 넣어두면 녹이 슬게 된다는 걸 최근에 깨달았다. 치열하게 갈고 닦아야만 단단하고 날이 서게 되지. 복주권문은 이제 싸움을 두려워하지 않을 것이다. 설사 목숨을 걸어야 한다 해도."

설백천은 힐끗 뒤를 돌아봤다. 네 남매와 예야후는 저희끼리 무슨 얘긴가를 열심히 하고 있었다. 얼굴에 웃음이 가득한 모습이 보기 좋았다.

"저들의 목숨도?"

"도산검림의 무림에서 온실의 화초처럼 자란다면 무림세가의 자식으로서는 쓸모가 없어진다."

"아버지가 이상한 깨달음을 얻어서 자식들 목숨이 위험해지는군."

"그런 삶이 불행하다고 생각하느냐?"

설백천이 되물었다.

"매일 목숨을 거는 삶 말이야?"

"그래. 그런 거친 삶 말이다."

설백천은 피식 웃었다.

"내게 선택권이 있다면 애초에 악인도 같은 곳에서 태어나는 건 사양했을 거야."

"그 덕분에 이처럼 강해졌잖느냐?"

"검어지기도 했고."

"더 강해 보여서 좋구나."

설인환의 기운은 변했는데 강함을 추구하는 성격은 여전했다. 오히려 전보다 더 집착하는 것 같았다.

"정말 날 이길 수 있을 정도로 강해졌다고 믿는 거야?"

"우명이 말이 신경 쓰이느냐?"

"별로."

"그렇겠지. 나도 내 성취가 너에 비해 부족하다는 건 안다. 아마 내 생전에 너보다 강해질 수는 없겠지. 내 피를 물려받았지만 네 자질은 나하고는 비교할 수 없을 정도로 뛰어나니까."

설백천이 강한 건 비단 자질 때문만이 아니다. 매일 죽음과 싸우다 보면 둔재라도 강해질 수밖에 없었다.

"언제 청산권문으로 떠날 계획이냐?"

"모산파에 들린 후에 바로 출발해야지."

"그럼 나도 그에 맞춰서 준비를 하마."

"굳이 참여하지 않아도 돼."

"허허허! 아들 녀석만 전장에 내보내는 애비가 되란 말이냐?"

"난 애초에 그렇게 태어났고 또 살아왔으니까. 문주가 원한다면 말리진 않겠지만……."

설백천은 뒤를 힐끗 돌아본 후 물었다.

"저들에게도 물어봤어?"

"네 생각만큼 저애들은 약하지 않다."

설인환은 약하지 않다고 말하지만 설백천이 보기에는 턱없이 약해 보였다. 문득 자신이 저들을 걱정한다는 사실을 깨닫는 순간 이상하게 가슴 한쪽이 뻐근해졌다. 가족이라는 의미가 자신도 모르게 스며든 것인지도 모른다.

"넌 복주권문의 문주 같은 건 관심 없겠지?"

약간의 기대가 묻어 있는 질문에 대한 설백천의 대답은 단호했다.

"없어."

"그래도 네 집이라는 사실은 잊지 마라."

'집이라……'

고설란이 죽은 후 잊혀진 이름이 설인환에게서 다시 나타났다.

복주권문이 설백천에게 집에 어울리는 편안함이 될 수 있을지 알 수 없지만, 그래도 왠지 든든한 배경이 생긴 것 같은 기분이 들었다.

비로소 도선방이 말한 꼭 이겨야 할 이유라는 의미를 알 것 같았다.

그저 생존을 위한 생존이 아닌 그 후의 가치가 더 소중해지는, 삶을 향한 의지를 도선방은 말한 것이다.

설백천은 새삼스럽게 복주권문을 둘러보았다.

'여기가 내 집인가?'

＊   ＊   ＊

청룡왕은 손등으로 여진의 뺨을 쓰다듬었다.

"수고했다. 가서 쉬어라."

주작왕이 죽은 후에 남겨 놓은 유산이 중요한 정보를 전해 주었다. 여진이 방을 나간 후 청룡왕은 의자에 힘없이 앉았다.

"많이 힘들어 보이십니다."

백호왕의 걱정스런 어투에 청룡왕은 웃음을 지었다.

"이틀만 참으면 돼. 대법이 완성된 후에 바로 떠날 수 있게 채비를 하게."

"떠나다니요?"

"모산파를 쳐야지."

"설백천과 예야후가 모두 이끌고 이곳으로 온다 하지 않았습니까? 그냥 기다리면 될 걸 그런 수고를 할 필요가 있을까요?"

"그들을 우습게보지 말게. 주작과 현무를 잃었어."

"그거야 운이 나빠서였지요."

"운도 실력이야. 설백천과 예야후가 도착하기 전에 모산파에 있는 자들을 모두 없애는 게 싸움에 훨씬 유리해. 호랑이는 토끼 한 마리를 사냥할 때도 최선을 다하는 법. 우리의 강함만 믿고 방심하는 우를 범하지 말게."

"명심하겠습니다."

힘든 듯 큰 숨을 몰아쉰 청룡왕이 말했다.

"설백천과 예야후. 그 둘만 죽이면 천하는 우리의 것이야."

第四十七章

폭풍전야(暴風前夜)

야수왕

와무당(渦武黨) 당주 서도석(徐道席)은 술이 거나하게 취해
있었다. 몸을 가누기 힘들 정도로 폭음을 한 건 이십 년 만에
처음이었다.

　　"빌어먹을! 청산권문이 왜 이 모양 이 꼴이 된 거야? 배교
그 씹할 것들을 왜 들여놔서… 딸꾹!"

　　뼛속까지 무인인 서도석은 사술 따위를 부리는 배교가 마
음에 들지 않았다.

　　밤이슬을 밟고 가던 비틀거리는 걸음이 멈췄다. 자신의 거
처로 가는 길에 검은 그림자가 놓여 있었다.

"응? 뭐야?"

세 걸음을 옮긴 후 우두커니 서 있는 녀석이 화금강인이라는 걸 깨달았다.

영혼 없는 인형. 주인이 시키면 무엇이든 하는 꼭두각시. 그 외에도 화금강인을 싫어할 이유를 백 가지는 댈 수 있었다.

화금강인에게 가까이 간 서도석은 달빛을 받아 반짝이는 대머리를 툭 쳤다.

"이놈아. 여기 왜 서 있는 거야?"

화금강인은 눈동자조차 움직이지 않았다.

"썩 꺼져! 개새끼야!"

이번에는 더 세게 후려쳤다. 화금강인의 머리가 살짝 까딱였을 뿐이다. 왠지 화가 났다. 평생을 무공 속에서 살았는데 화금강인은 술법으로 간단하게 그를 넘어서 버린다.

"네까짓 게 강하면 뭐해? 그래 봤자 인형 나부랭이지!"

이번에는 주먹으로 얼굴을 두세 대 때렸다. 비로소 화금강인이 주춤 물러섰다. 보통의 무림인 같으면 머리가 깨져 뇌수가 튀어나올 정도의 위력이었다.

"문 당주. 화금강인이 자네에게 무슨 실수라도 했나?"

뒤에서 들린 음성에 서도석은 화들짝 놀라 돌아섰다. 일 장도 떨어지지 않은 곳에 조운상이 뒷짐을 지고 서 있었다.

허리를 꾸벅 숙여 인사를 한 서도석이 투덜거렸다.

"이놈이 제 길을 막고 있어서 말입니다."

"술을 마신 모양이군. 내일이 출정일이라는 건 알고 있을 텐데?"

그저 싸움터로 간다는 것만 알 뿐 누가 적인지, 가야 할 곳이 어디인지 누구도 알지 못했다.

배교가 들어온 후 청산권문은 너무 많이 바뀌어서 당주들조차 주변인처럼 되어버렸다. 객이었던 배교가 주인이 되고 그들은 청산권문의 문도가 아니라 배교의 교도가 된 것 같았다.

모두 불만은 가지고 있었지만 한동안 조운상은 연공실에 틀어박혀 있어서 만나지도 못했고, 나와서는 갑자기 출정을 하라는 명령만 내렸다.

당주가 청산권문의 일에서 배제된다는 건 예전에는 상상도 할 수 없는 일이었다. 그리고 언제나 건의할 것이 있으면 스스럼없이 말할 수 있었다.

바로 지금처럼 말이다.

"우리가 싸우려는 상대는 누굽니까?"

"누군지 알아서 뭐하게?"

"네? 전 당주입니다! 당주가 누구와 싸우는지도 모른 채 전장에 나간다는 게 말이 됩니까? 아니, 당주뿐 아니라 설사 하급 무사라도 당연히 알아야 적절한 준비를 할 것 아닙니까?"

"준비는 내가 다 하니까 넌 그냥 따라오기만 하면 돼."

조운상은 이렇게 꽉 막힌 사람이 아니었다. 그런데 지금은 마치 벽과 얘기를 하는 것 같았다.

서도석은 부글부글 화가 끓었지만 애써 마음을 가라앉히고 차분하게 얘기했다.

"문주님. 우린 무를 숭상하는 무림의 문파입니다. 그런데 배교가 오고 난 후부터 변질되어 가는 것 같습니다. 이건 우리 청산권문의 모습이 아닙니다. 모두 가족 같았고 문을 자기 몸처럼 아끼고……."

"안 아껴도 돼."

"문주님……."

"너희는 그저 내 손짓에 움직이는 인형일 뿐이다. 생각은 내가 하고 너희는 시키는 대로 그저 싸우면 된다."

무감정한 조운상의 말투에 서도석은 화가 나는 게 아니라 소름이 돋았다.

조운상은 지금 뭔가 잘못되었다. 미치지 않고서야 저런 말을 할 사람이 아니다.

"문주님. 배교에서 대체 무슨 짓을 한 겁니까? 그 개새끼들이 무슨 짓을 해서 문주님이 이리 되신 것입니까?"

필요 이상으로 언성이 높아진 건 술기운 때문이었다. 조운상의 입가에 웃음이 그려졌다.

"좋은 일을 했지. 무림인에게 강해지는 것 이상 좋은 게 어디 있겠느냐?"

말을 하며 다가선 조운상은 오른손을 서도석의 어깨에 얹었다.

"이제 우리 배교가 무림천하를 지배할 것이다."

"네? 우리 배교라니… 크윽!"

조운상의 손이 얹어진 어깨가 불에 달군 쇠로 지지는 것처럼 뜨거워졌다. 물러서려고 했지만 혈도가 제압당한 것처럼 한 발짝도 움직일 수 없었다.

"무… 문주님……."

"새로 태어난 내게 죽는 최초의 인간. 너처럼 별 볼 일 없는 자에게는 그것도 영광이지."

서도석은 불꽃도 없이 타서 한 줌 재로 사라졌다. 그 재를 발로 툭 걷어차서 흩어놓은 청룡왕은 흡족한 웃음을 머금었다.

"기대했던 것보다 낫군."

이 정도 육체면 앞으로 넉넉히 십 년은 쓸 수 있을 것 같았다.

인기척이 들리더니 백호왕이 어둠 속에서 모습을 드러냈다.

"출정 준비는 마쳤습니다."

"내일 해가 뜨는 순간 천하제패를 향한 우리의 한 걸음이 디뎌지는구나."

인고의 세월을 견디고 견디며 지낸 지난 세월이, 술잔을 기울이며 얘기할 수 있는 추억으로 남을 날이 멀지 않았다.

그의 육체가 무공을 만나 더욱 강해지고 강력한 조력자인 백호왕과 청산권문, 거기에 스물두 명의 화금강인까지 있으니 천하제패는 시간문제다. 하지만 노회한 청룡왕은 방심이 화를 부른다는 사실을 잘 알고 있었다.

"설백천과 예야후의 발길을 잡을 녀석들은 보내놓았느냐?"

"적어도 사흘은 지체시킬 수 있을 겁니다."

"사흘이면 넉넉하다. 모산파를 멸문시키는 데는 한나절이면 충분하니까 우리가 먼저 도착하기만 하면 돼."

                    *   *   *

그리 큰일이 일어나지도, 일어날 일도 없는 소양현(小陽縣)은 그런 곳이었다.

그래서 하오문 문도이기는 하나 소속감이라고는 희박한 왕도팔(王道八)은, 도살장의 일꾼일 뿐 무림인이라는 생각은 해본 적도 없었다.

그래도 하오문 소속인 덕분에 가장 친한 친구인 건달 고필오(高必悟)를 사귀었다. 그가 하오문에 입문해서 얻은 가장 큰 소득이었다.

그날도 다른 날과 마찬가지로 일을 끝마친 저녁 고필오의 집으로 향했다. 녀석은 늦은 저녁에 일어나는 올빼미족이라 항상 그가 깨워 술과 밥을 함께 먹고는 했다.

끼이익—!

"새끼, 대문에 기름칠 좀 하라니까."

일부러 문을 세게 닫은 왕도팔은 좁은 마당을 지나며 소리를 질렀다.

"이놈아! 형님 왔다!"

그의 외침이 마당에서 채 빠져나가기도 전에 불 꺼진 방안에서 비명이 들렸다.

"으아악—!"

본능적으로 걸음을 멈추는데 방문이 벌컥 열렸다. 희미한 달빛에 의지해 보이는 모습은 고필오였다.

쩍 벌어진 고필오의 입에서 흐른 침이 덥수룩한 수염을 타고 뚝뚝 떨어졌다.

"필오야……."

앞으로 나오는 고필오는 제 발로 걷는 게 아니었다. 누군가 고필오의 목을 잡고 들어 올려 가까워지고 있었다.

보이는 피부에 털은 하나도 없는, 마치 쇠로 만들어진 것 같은 느낌을 풍기는 사내였다.

사내가 주춤주춤 물러서는 왕도팔을 봤다. 동네에서는 힘깨나 쓰는 왈짜패지만 사내는 그가 범접할 수 없는 상대라는 걸 한눈에 알 수 있었다.

사내가 웃는 것 같았다. 그리고……

화르륵—!

고필오의 몸에서 화염이 치솟았다.

"으… 으아악—!"

엉덩방아를 찧은 왕도팔은 그저 비명을 질렀다. 기름을 끼얹고 불을 질러도 저처럼 단숨에 불타지는 않을 것이다.

사내는 활활 타는 고필오를 마당에 던졌다. 이제 왕도팔 차례다. '이렇게 영문도 모른 채 불에 타 죽는구나.'라는 생각을 하는데 저벅저벅 걸어온 사내는 왕도팔을 지나쳐 문 밖으로 나가 버렸다.

너무 무서워서 뒤를 볼 엄두도 나지 않았다. 시간이 얼마나 지났는지 모른다. 아랫도리가 서늘해서 내려다봤더니 오줌을 지렸다는 걸 뒤늦게 깨달았다.

차갑게 식은 오줌이 왕도팔의 정신을 차리게 만들었다. 왜인지 모르지만 사내는 왕도팔을 죽이지 않았다.

고필오와 개인적인 원한이 있어서인지도 모른다. 어쨌든 그가 지금 가장 먼저 해야 할 일은 하오문에 이 사실을 알리는 것이다.

황급히 일어서서 대문을 나서려는데 뒤늦게 고기 타는 냄새를 맡았다. 고필오의 흔적은 고작 그 냄새뿐이었다.

*   *   *

화금강인이다.

"녀석이 왜 여기 있는 거지?"

예야후에게 물었지만 그녀가 답할 수 있는 문제가 아니었다. 설백천은 지부장인 복상달(卜上達)에게 물었다.

"화금강인에게 죽은 고필오라는 자는 누구지?"

"건달입니다."

"하오문에서 무슨 직책을 맡거나 중요한 일을 하는 건 아니고?"

복상달은 어림없다는 듯 손사래를 쳤다.

"그냥 별 볼 일 없는 놈입니다. 가끔 도박장을 지키거나 빚진 돈 받아내는 게 일입죠."

밖으로 드러난 고필오의 모습은 그렇다 하더라도 그게 전부일 리 없다. 화금강인이 고필오를 죽여야 할 이유가 분명히 있을 것이다.

"지부장. 당신은 고필오란 자에 대해 샅샅이 알아와. 뭔가 숨겨진 게 있을 거야."

그럴 리가 없다는 얼굴로 고개를 갸웃한 복상달이 물었다.

"그런데 그 화금강인이란 게 뭡니까?"

"배교에서 만든 놈들."

복상달이 긴장한 얼굴로 마른침을 삼켰다.

"우리가 싸워할 적이 그런 괴물이라고요?"

"겁나나?"

"그… 글쎄요."

사실 이런 후미진 현에 있으면서 무공도 강하지 않은 복상달이 배교와 직접 싸우게 될 확률은 희박했다. 그래서 적이 터무니없이 강하다는 것에 놀라지만, 두려움을 피부로 느끼지는 못했다.

"어쨌든 고필오에 대해 알아보고 문도들을 총동원해서 화금강인도 찾아. 어떻게 생긴지는 알고 있지?"

"왕도팔에게 들었습니다. 지금 즉시 초상화를 그려 뿌리겠습니다."

복상달이 나간 후 설백천이 예야후에게 말했다.

"아무래도 여기서 며칠 묵어야겠는데?"

　　　　　*　　　　*　　　　*

　　고전호는 뜨거운 탕약을 조심스럽게 그릇에 부었다. 고전
호를 지켜보던 고현도인이 물었다.

　　"정말 이걸 할 생각인가?"

　　"해야지요."

　　"잘못하면 영영 못 깨어날 수도 있네."

　　"알고 있습니다. 하지만 제가 어떻게 주작왕을 예 사고님
의 정신 속으로 들어가게 도움을 줬는지 알아내야 합니다."

　　"이미 끝난 일인데 굳이 목숨을 걸 필요가 있겠나?"

　　"배교와의 싸움이 끝나야 비로소 완전히 끝난 일이 되는
것이지요."

　　고전호는 큰 숨을 쉰 후 탕약을 마셨다. 맛이 어지간히 쓴
듯 마시는 내내 인상을 찡그렸다.

　　"크―! 이 맛 때문에 죽겠군요."

　　약을 모두 마신 고전호는 딱딱한 돌침대에 누웠다. 고현도
인은 준비해 놓은 밧줄로 돌침대와 고전호를 연결해서 묶었
다.

　　"더 꽉 조이십시오."

　　고현도인이 힘을 쓰자 밧줄이 고전호의 살을 파고들었다.
밧줄이 몸을 옥죄는 사이 고전호는 빠르게 정신을 잃었다.

"으응······."

신음 같은 소리가 고전호의 입에서 흘러나왔다. 그리고 얼마 지나지 않아 몸이 떨리기 시작했다.

밧줄로 단단히 묶었는데도 들썩인 몸이 침대와 거칠게 부딪쳤다. 신음은 이제 비명으로 변했고 입에서 거품이 튀어나왔다.

저렇게 거칠게 몸부림치다가는 뼈가 부러져 죽을 수도 있겠다는 생각이 들었다. 하지만 이 상황에서 고현도인이 할 수 있는 일은 없었다.

기억의 저편으로 여행을 떠난 고전호가 스스로 험난한 길을 헤치고 돌아와야 한다.

밧줄과 닿은 살에서 피가 흐르기 시작했다. 기어코 말렸어야 했다는 후회가 들 무렵 고전호의 몸부림이 멈췄다.

갑자기 멈추자 불안해진 고현도인은 고전호의 목으로 천천히 손을 가져갔다. 맥이 뛰고 있는지 확인하려는데 고전호의 희미한 목소리가 들렸다.

"여··· 진······."

*　　　*　　　*

"거기! 물 더 가지고 와! 새끼들아! 꾸물거리지 말고 빨리 움직여!"

복상달이 수하들을 독려했지만 하오문 지부로 쓰이는 정육점을 구하기는 힘들었다.

불타는 건물을 보던 설백천이 돌아서며 중얼거렸다.

"이상하군. 이상해."

예야후가 물었다.

"뭐가?"

"화금강인이 왜 굳이 하오문 지부에 불을 질렀을까?"

화금강인을 본 하오문도가 있으니 틀림없는 사실이었다.

"자신을 방해하고 있으니 당연한 것 아니야?"

"특별히 방해한 것도 없잖아? 지난 이틀 동안 소양현을 이 잡듯이 뒤졌지만 발견하지 못했으니까. 그렇게 철저하게 숨어 있다가 갑자기 나타나서 방화라니. 뭔가 이상해. 이건 마치 날 놀리는 것 같잖아."

설백천은 우뚝 걸음을 멈췄다. 머리를 스치는 한 가지 가능성 때문이었다.

"아니면 우리 발목을 잡아두려 하거나."

"우리가 모산파로 가는 걸 방해하려는 거라고? 그 의미는……."

"우리가 없는 사이 모산파를 치겠다는 거지."

"너와 내가 모산파를 떠났다는 건 비밀인데."

"모산파에 사람이 몇이고 무림에 나와서 만난 사람이 얼만데. 배교에서 알아내려면 일도 아니지."

"하지만 정말 여기서 무슨 일이 일어나고 있을지도 모르잖아?"

물론 그 가능성을 배제할 수는 없었다.

"우리가 떠나보면 알 수 있겠지."

설백천은 복상달에게 급한 일이 있어 소양현을 떠난다는 말을 전했다. 하오문에 소식을 알려두면 화금강인의 귀에도 들어갈 것이다.

날이 어두워졌지만 그들은 짐을 싸서 객잔을 떠났다. 설백천의 예상이 맞다면 모산파로 돌아가는 게 화급을 다투는 일이 된다. 그래서 마차를 타는 대신 험한 산을 넘기로 했다.

하지만 첫걸음은 서두르지 않았다. 배교가 모산파로 가는 설백천의 걸음을 늦추려는 계획을 가졌다면 화금강인이 앞을 막을 것이다. 그러니 그들이 따라올 여유를 줘야 한다.

마을을 벗어나 낮지만 숲이 울창한 산에 들어섰다. 이 산을 넘을 때까지 화금강인이 나타나지 않으면 고민이 깊어질 수밖에 없는 상황이다.

벌레들과 부엉이의 울음이 끊임없이 들리는 산의 중턱을 넘어설 때 설백천의 입가에 미소가 그려졌다.

"역시."

예야후도 설백천이 느낀 두 명의 기척을 알아차렸다.

"우리 발을 묶기 위해서였네. 그건 곧 모산파가 위험하다
는 뜻이잖아."

"그럼 서둘러 처리하고 가야지."

설백천은 기척이 들린 쪽으로 몸을 날렸다. 거칠게 숲을 헤
치는 두 사람이 가까워지자 두 화금강인이 우뚝 걸음을 멈췄
다.

설백천과 예야후의 속도는 그야말로 바람 같았다. 이렇게
나란히 숲을 달리고 있자니 악인도에서 함께 밀림을 질주하
던 그때가 생각났다.

두 사람의 입가에는 추억이 만드는 미소가 그려졌다. 화금
강인이란 적은 그들의 안중에도 없었다.

화르륵―!

앞에서 불꽃이 일었다. 이대로 화금강인이 날뛰면 이전처
럼 온 산이 검은 재로 뒤덮일 것이다.

설백천과 예야후는 불길 속으로 뛰어들었다. 쇳물처럼 뜨
겁게 느껴지던 화염이 지금은 봄날의 따뜻한 봄바람 같았다.

설백천은 왼쪽의 붉은색으로 변해 열기를 내뿜고 있는 화
금강인을 향해 팔을 뻗었다.

설백천의 긴 손가락이 화금강인의 목을 틀어쥐었다. 그와
동시에 도착한 예야후는 우측의 화금강인 가슴을 손바닥으로

때렸다.

화금강인의 피도 보통 사람처럼 붉었다. 예야후에게 맞은 화금강인은 입에서 피를 토하며 뒤로 날아갔다. 아름드리나무가 부딪쳐 부서질 정도로 강한 위력이었다.

설백천에게 목이 잡힌 화금강인은 손을 떼어내기 위해 설백천의 팔목을 쥐었지만 이제 열기는 설백천에게 아무 영향도 미치지 못했다.

우두둑!

화금강인 또한 목이 부러져서는 살아남을 수 없었다. 화금강인이 뿜어내던 열기가 단숨에 사라졌다. 예야후에게 맞아서 날아간 화금강인 또한 그 한 방에 가슴이 으스러져 죽었다.

설백천과 예야후는 근처에 번진 산불을 끈 후 지체하지 않고 모산파로 떠났다.

*   *   *

잡힌 여진은 고전호와 같은 약을 마신 후 같은 과정을 거치고 주작왕이란 이름을 뱉어냈다.

"기억하겠느냐?"

탈진한 여진은 힘없이 고개를 끄덕였다. 그러더니 아침에

먹은 내용물을 게워낸 후 돌침대에서 내려왔다.

"좀 쉬어라."

"쉴 시간이… 없어요. 곧 배교와 청산권문이… 모산파로 쳐들어올 거예요."

"뭐야? 네가 그걸 어떻게 아느냐?"

"제가 그들에게 이곳의 소식을 알려줬어요. 물론 그들의 계획도 들었죠. 거기에 기회를 봐서 문주님을 죽이라는 명령까지 받았어요."

고개를 숙인 여진이 주먹으로 돌침대를 내리쳤다. 큰 소리와 함께 주먹에서 피가 났지만 그녀는 분함에 어깨만 부들부들 떨었다.

"젠장! 그 요사한 년의 사술에 걸려 놀아나다니!"

고전호는 그런 여진의 어깨를 감싸 자신에게 끌어당겼다.

"살다 보면 자신이 어찌할 수 없는 일들이 한두 가지쯤은 생기게 마련이다. 그런 일은 빨리 잊는 게 상책이니라."

한참 동안 미동도 하지 않던 여진이 말했다.

"오라버니 거시기도 봤단 말이에요."

고전호는 움찔 몸을 떨었다.

"그건 더더욱 빨리 잊는 게 좋겠구나."

그들은 지하실을 나와 도선방에게로 갔다. 유재영, 허일한과 더불어 뭔가를 의논하던 도선방은 초췌한 모습의 여진을 보고 물었다.

"괜찮으냐?"

고전호가 여진 대신 대답했다.

"곧 괜찮아질 겁니다. 그보다 화급을 다투는 일이 생겼습니다."

고전호는 여진에게 들었던 얘기를 전해주었다. 세 사람의 입에서 동시에 무거운 침음성이 새나왔다.

"음… 그런 계략이 있었구나. 소양현에서의 사건이 이해가 되는군."

"소양현이라니요?"

"화금강인이 소양현의 하오문 지부를 공격했다. 마침 거기에 백천이와 예 사고가 있었고. 배교가 소양현에서 무슨 음모를 꾸미는가 했는데 모산파를 칠 계획을 가지고 있었다면 백천이와 예 사고의 발을 붙잡기 위한 술수였던 거지."

"네? 그럼 소문주님과 예 사고는 아직 그곳에 있는 겁니까?"

"아니다. 백천이가 눈치채고 모산파로 떠났다고 하더구나. 하지만 배교와 청산권문보다 빨리 도착할 수는 없을 것 같다."

"그럼 이러고 있을 게 아니라 우리도 어서 피해야지요. 소문주님과 예 사고 없이 그들과 싸우는 건 무모한 일 아닙니까?"

유재영이 말했다.

"그러는 게 좋을 것 같군요. 계란으로 바위 치기 같은 싸움을 할 수는 없는 노릇이니 말입니다."

하지만 도선방은 쉽게 결정을 내리지 않았다.

"우리만 쏙 빠져나갈 수는 없는 일 아닌가? 피하려면 모산파 전체가 움직여야 하는데 아무리 빨라도 한나절은 걸릴 것이야."

"건물이나 책 같은 건 중요한 게 아니지 않습니까? 굳이 하나로 뭉쳐 움직일 필요도 없고요. 모산파의 제자들이야 뿔뿔이 흩어졌다가 나중에 다시 모이면 됩니다. 그러니 한 시진이면 넉넉할 겁니다."

인명이 가장 중요하기는 하나 이곳은 모산파에게 단지 거처의 의미만은 아니다. 수백 년을 내려온 역사가 숨 쉬는 성지와도 같은 곳이다.

"일단 고현도인과 얘기를 해봐야겠다."

"문주님은 고현도인을 만나보시고 나머지 사람들은 떠날 채비를 하는 게 좋겠습니다."

"그리하세."

"절대 안 됩니다."

고현도인의 어투는 너무도 확고했다. 하지만 단 한마디에 물러설 수는 없는 노릇이다.

"정녕 신외지물 때문에 사람을 죽이겠단 말인가?"

"어찌 모산파가 단지 신외지물일 뿐이겠습니까? 아무리 기울어가는 모산파라 할지라도 이곳은 선인들의 얼이 모셔져 있는 곳입니다. 내 한 목숨 살자고 모산파를 버리다니요? 절대 그럴 수는 없습니다!"

"자네 한 목숨이 아니잖아! 배교가 쳐들어오면 자네 하나만 죽는 것으로 끝날 것 같은가? 십중팔구 모산파의 씨를 말리려 할 텐데 자네 고집 때문에 저 많은 모산파의 제자들을 모두 죽일 셈인가?"

그 대목에 가서는 고현도인도 쉽게 말을 꺼내지 못했다.

"모든 문파를 이루는 근간은 결국 사람이네. 일단 제자들을 살리고 봐야 할 것 아닌가?"

고민을 하던 고현도인이 한숨처럼 말을 뱉었다.

"제자들의 의견을 물어보겠습니다. 어찌 되었든 제가 모산파를 떠나는 일은 없을 것입니다."

가라앉는 배를 지키는 선장처럼 고현도인에게는 비장함이 묻어나왔다.

"반 시진 안에 끝내게. 어쨌든 우린 떠날 것이네."

"어느 쪽으로 가실 겁니까?"

"한재령(汗裁嶺)을 넘어야지. 행여 이곳을 떠나는 제자들이 있다면 다른 길을 택하는 게 좋을 거야. 배교가 쫓는 건 우리일 테니까."

"알겠습니다. 반 시진 내로 답을 드리겠습니다."

모든 제자들이 돌아갔다. 고맙게도 스무 명의 제자가 이곳에 남기로 결정했다.

떠날 준비를 하거나 혹은 남겠다고 결정한 제자들의 등을 보는 명현도인의 눈에는 진한 아픔이 배어 있었다.

"어쩌다 모산파가 여기까지 오게 된 건지 모르겠습니다."

답답함이 가득한 명현도인의 말에 답하는 고현도인의 음성은 의외로 차가웠다.

"모산파가 배교와 청산권문에 의해 주저앉는 일은 막아야지."

"방법이 있습니까?"

"그들이 원하는 건 어차피 우리 모산파가 아니지 않은가? 저들이 이곳으로 오는 원인만 넘겨주면 굳이 모산파에 위해를 가하지는 않을 것이야."

"네? 도 문주 일행을 저들에게 넘겨주실 작정입니까?"

"그게 모산파를 살리는 유일한 길 아니겠나?"

"하지만 사형……."

"장문사형께서 돌아가신 것도 어찌 보면 설백천과 그 무리

들 때문이네. 물론 사형에게 잘못이 없지는 않았으나 지금까지 가장 큰 피해를 본 곳은 우리 모산파야. 그런데 멸문지화까지 당한다는 건 너무 억울한 일 아닌가?"

"모산파를 지키고 싶은 마음이야 저라고 사형과 다르겠습니까마는……."

이번에도 고현도인은 명현도인의 말을 끊었다.

"이 일로 비난을 받아야 한다면 내 기꺼이 그리할 것이네. 모산파를 구하고 지옥으로 떨어진다 한들 내 어찌 그 길을 마다할까."

第四十八章

결전(決戰)

모산파에 들어섰을 때부터 뭔가 이상하다는 걸 느꼈다. 아무리 쇠락했다고는 하나 지키는 자 하나 없이 휑한 것이 빈집에 들어온 것 같았다.

　청산권문의 문도들이 어디선가 모산파 제자 하나를 잡아왔다. 아직 스물도 채 되지 않은 어린 도사는 두려운 표정을 보이지 않으려고 안간힘을 쓰고 있었다.

　청룡왕은 바닥에 쓰러진 어린 도사에게 물었다.

　"다들 어디 갔느냐?"

　"모두 떠나고 이곳에는 나 혼자 남아 있소!"

호기롭게 말하는 게 마음에 들었다. 물론 살려둘 정도는 아니었다.

"보이는 놈은 모두 죽여라. 이놈 포함해서."

청산권문의 문도가 손을 들 때 왼쪽에서 외침이 들렸다.

"멈추시오!"

고현도인이 바쁜 걸음으로 다가오는 게 보였다. 청룡왕은 손을 든 청산권문 문도에게 말했다.

"멈추라고 한 사람이 나더냐?"

흠칫 놀란 문도는 올렸던 주먹을 내리쳤다. 퍽! 하는 소리와 함께 어린 도사의 목이 돌아갔다.

"아!"

탄식과 함께 고현도인의 걸음이 멎었다.

"장문인이 죽었으니 네가 현 장문인이겠구나?"

"굳이 죽여야만 했소?"

"이미 죽은 제자보다 앞으로 죽어야 할 제자들을 더 걱정해야지."

청룡왕은 주변을 둘러보며 말을 이었다.

"나무로 만들어진 건물에 책도 많으니 잘 타겠군."

"원하는 게 무엇이오?"

"네가 가진 걸 보여봐. 마음에 들면 오늘 모산파는 무사할 것이다."

"당신이 원하는 사람은 도 문주 일행이 아니오?"

"쟁반에 그들의 목을 올려놓았을 리는 없고……."

"그들이 어디 있는지 알려주겠소. 그러니 모산파는 더 이상 건드리지 마시오."

"그들이 있는 곳은?"

"약속부터 하시오."

"돌아가신 부모님을 걸고 약속하지."

고현도인은 굳었던 표정을 풀며 동쪽을 가리켰다.

"저 방향으로 쭉 가면 한재령이 나오는데 그곳을 넘는다고 했소."

이곳 지리에 익숙한 청산권문 문도가 있으니 한재령을 찾는 건 어렵지 않을 것이다.

"언제 떠났느냐?"

"반 시진 남짓 되었소."

"인원은?"

"도 문주와 유재영, 허일한 셋만 그 방향으로 갔고 나머지는 나도 모르오."

그 셋만 잡으면 이곳에 온 목적의 칠 할은 달성한 것이다.

"백호 아우."

백호왕이 청룡왕의 곁으로 다가왔다.

"분부하시지요."

"언제쯤이면 도망친 그들을 따라잡을 수 있겠나?"

"세 시진이면 족합니다."

"출발하게. 난 뒷정리를 하고 갈 테니까."

고현도인이 놀라 물었다.

"뒷정리라니, 그게 무슨 말이오?"

"모산파까지 왔는데 말 몇 마디 하고 떠날 수는 없잖아?"

"그럼 식사라도……."

참 바보 같은 말에 청룡왕은 피식 웃음을 터트렸다.

"불구경이라도 하고 가야지."

"부… 불이라니요? 설마……."

"훗날 화근이 될 수도 있는 모산파를 내가 가만 놔둘 것이
라 생각했느냐? 순진하게?"

고현도인이 버럭 소리를 질렀다.

"돌아가신 부모님까지 걸고 약속하지 않았소!"

"저승에 가면 내 부모라는 자들 좀 찾아보게. 난 얼굴도 몰
라서."

"이… 이런 간악한 놈! 배교가 아무리 사술로 흥한 집단이
라지만 인간까지 어찌 그리 사악하단 말이냐!"

"배교에 대한 평가가 네 유언이라니… 그도 나쁘지 않군."

청룡왕은 돌아섰고 뒤에서 열기가 느껴졌다. 청룡왕은 고
현도인의 긴 비명을 밟으며 한재령 쪽으로 걸음을 옮겼다.

도선방과 유재영, 허일한을 죽이면 설백천은 미쳐서 날뛸 것이다. 초탈하지 못한 인간은 친인의 죽음에 언제나 같은 반응을 보이게 마련이다.

　이성을 잃고 날뛰는 인간을 잡는 건 식은 죽 먹기다. 예야후의 유일한 약점인 설백천을 잡으면 그녀 또한 자연히 그물에 걸리게 되어 있다.

＊　　　＊　　　＊

　"저… 저건!"

　가장 후미에 선 유재영의 외침에 도선방과 허일한은 고개를 돌렸다. 까마득히 멀리 보이는 모산파에서 검은 연기가 치솟고 있었다.

　"결국 저렇게 되는군. 하아—!"

　도선방의 한숨 끝으로 허일한의 목소리가 따랐다.

　"우리 도망친 길을 고자질이나 하지 않았으면 좋겠군."

　도선방의 표정이 흠칫 굳었다.

　"그랬을 수도 있군!"

　유재영이 말했다.

　"저렇게까지 된 마당에 설마 우리가 한재령을 넘는다는 걸 알렸겠습니까?"

"저렇게 되기 전에 일러바쳤을 수도 있지요."

"허 추관 말이 맞네."

"내 말이 맞다고 하는데 기분이 나빠지기는 처음이군."

"그 도사들은 모산파를 지키기 위해서는 무엇이든 할 위인
들이니까. 여하튼 서두르세."

허일한이 좁은 길에 줄줄이 늘어선 야귀들을 향해 소리쳤
다.

"이놈들아! 너희도 죽기 싫으면 빨리 움직여!"

한재령은 나는 새도 쉬어가야 할 정도로 길이 험하고 높았
다. 처처에 절벽이고 사람이 다닐 수 있는 길도 한 뼘 남짓밖
에 되지 않아 까딱 방심했다가는 천 길 낭떠러지 아래의 고혼
이 될 수도 있다. 거기에 쉼 없이 부는 바람은 그들을 자꾸 절
벽 아래로 끌어당겼다.

매끈한 벽에 등을 딱 붙인 유재영은 아래를 보았다. 발이
발가락 길이만큼 길 밖으로 삐져나가 있었다. 그 아래쪽은 온
통 연회색의 바위밖에 보이지 않았다.

우우웅―! 우우웅―!

벌떼의 날갯짓 소리 같은 바람이 옷을 찢어버릴 것처럼 날
카롭게 불어왔다.

머리를 묶은 끈이 어디론가 날아가 산발을 한 도선방이 외
쳤다.

"이제 곧 제법 편한 길이 나오니 조금만 더 조심하게!"

허일한이 소리쳐 물었다.

"이제 곧이 언제요?"

잠시의 사이를 두고 대답이 들려왔다.

"삼십 년 전에 와본 거라 기억이 가물가물하군! 어쨌든 그 때 죽지 않았으니 이번에도 무사할 거야!"

신빙성이라고는 조금도 없는 장담이었다.

투둑!

유재영이 가야 할 길에서 돌 부서지는 소리가 들렸다. 그러더니 시커먼 무언가가 떨어졌다. 비명도 없이 절벽 아래로 추락하는 그것은 야귀였다.

모두 얼어붙어서 떨어지는 야귀만 내려다보았다. 무척이나 긴 시간의 낙하였다. 그리고 까마득히 저 아래 붉은 점이 찍혔다.

아무리 단단한 야귀라도 이 정도 높이에서 떨어지면 한 점 혈흔으로밖에 남지 못했다.

그 후로 아무도 말을 꺼내지 않았다. 그저 묵묵히 다음에 디딜 곳만 집중했다.

쥐나 지나다닐 만한 절벽을 지난 후에야 모두 바위에 주저앉아 한숨을 돌렸다. 잠깐 마음을 진정시켰을 뿐 그들은 다시 거친 바위를 넘었다.

풀 한 포기 없는 한재령의 바람은 매섭고 차가웠다. 그들이 아무리 고수라도 자칫 방심하다가는 미끄러져서 뼈를 추리기 힘들 정도로 산산조각 날 수 있었다.

경사진 바위 비탈을 허위허위 올라가 겨우 정상에 다다랐다. 태초부터 솟아 있었을 것 같은 산정은 모진 바람을 맞아 둥글둥글했다.

"여기서 좀 쉬어가죠."

그들 중 무공이 가장 떨어지는 유재영이 숨찬 소리를 뱉어냈다. 산 아래에 시선을 둔 도선방이 바위에 걸치려던 엉덩이를 급히 들었다.

"쉴 시간이 없군."

뒤를 돌아본 유재영의 얼굴이 일그러졌다. 저 멀리 일단의 무리가 다가오는 게 보였다.

개미처럼 작게 보이는 백여 명의 그들은 배교와 청산권문의 문도가 분명했다.

"젠장! 모산파에는 온통 배신자밖에 없군!"

허일한의 투덜거림에 도선방이 바쁜 걸음을 옮기며 대꾸했다.

"생존을 위한 본능인 게지."

"자기 살자고 남을 죽인단 말이오? 무림이란 원래 그런 곳이오?"

"모산파가 불탄 것을 보니 자기도 살지 못한 것 같네. 그러니 망자에 대한 원망은 그만하고 서두르기나 하게."

올라오는 길이 험했는데 내려가는 길이라고 고울 리 없었다. 급하게 경사지고 깎아지른 절벽이 곳곳에 있어서 내려가는 게 훨씬 위험했다.

서둘러야 한다는 압박감은 그들의 길을 더욱 위험하게 만들었다. 그 와중에 또 두 명의 야귀를 잃었다. 녀석들에게는 두려움만큼이나 조심성도 없는 모양이다.

"마땅히 숨을 장소는 없소? 이대로 계속 도망만 칠 수는 없는 노릇 아니오?"

묻는 허일한의 음성에는 힘든 기색이 역력했다. 허일한이 그 정도니 유재영은 말할 나위도 없었다.

"내 기억에 적의 걸음을 늦출 곳이 조만간 나올 거네."

"누가 어떻게 늦춘단 말이오?"

"보면 알아."

유재영은 말조차 뱉지 못할 정도로 힘들었다. 그저 적이 어느 정도 떨어져 있는지 수시로 뒤를 돌아볼 뿐이었다. 그리고 드디어 배교와 청산권문의 모습이 시야에 들어왔다.

처음에는 개미만큼 작았지만 이젠 손가락만큼이나 크게 보였다. 숫자는 스무 명 남짓밖에 되지 않았으나 그들보다 속도가 빠르다는 건 그만큼 강한 자들만 있다는 뜻이다.

유재영은 도선방과 허일한에게 미안했다. 지금 이 일행의
걸음을 늦게 만드는 사람은 무공이 가장 떨어지는 유재영이
었다.

"저는 괜찮으니… 먼저… 가시지요."

유재영의 숨찬 소리를 도선방이 받았다.

"그럴 것 같았으면 애당초 그리 했을 것이네. 조금만 더 참
게. 금방 나올 테니까."

하지만 도선방의 장담과는 달리 적들의 모습이 팔뚝만큼
크게 보일 때까지 추격자들의 걸음을 늦출 장소는 보이지 않
았다.

평지를 두 시진 이상 달리기도 힘든데 이런 험한 산이라면
말할 나위가 없었다.

턱!

천근만큼 무거워진 발은 생각만큼 높이 올라가지 않아 돌
부리에 걸리고 말았다. 앞으로 급한 경사를 이룬 지면이 시야
가득 들어왔다.

유재영은 황급히 팔을 짚어봤지만 몸이 미끄러지는 걸 막
을 수는 없었다.

잔뜩 지친 몸은 직각에 가까운 경사를 미끄러지다 턱에 걸
려 회전을 하기 시작했다.

정신없이 돌아가는 세상은 어디가 하늘이고 어디가 땅인

지 구분이 가지 않았다. 팔다리에 힘을 줘서 멈춰보려 했으나 지금 유재영의 몸 상태로 가능한 일이 아니었다.

그렇게 살려고 발버둥 쳤는데 결국 여기까지인 모양이다. 삶을 집어삼키는 절망의 끝에서 뭔가에 거칠게 부딪쳤다. 등이 아프기는 했지만 바위였다면 이 정도의 고통으로 끝나지는 않았을 것이다.

약간 위로 퉁겨 올라간 유재영을 누군가 잡았다. 서늘한 기운을 느끼면서 어지러운 정신을 가다듬는데 위쪽에서 도선방의 목소리가 들렸다.

"내 팔을 잡게!"

유재영은 뒤늦게 도선방이 자신의 목덜미 옷깃을 쥐고 있다는 걸 깨달았다. 그리고 그의 몸은 허공에 대롱대롱 매달려 있었다.

"빨리 올라오시오!"

저 위쪽에 있는 허일한은 한 손으로 튀어나온 바위를 잡았고 나머지 한 손은 도선방과 연결되어 있었다.

유재영은 황급히 손을 뻗어 도선방의 팔뚝을 잡았다. 도선방도 많이 지친 듯 유재영을 끌어 올리는 데 꽤나 힘을 써야 했다.

비탈진 바위에 배를 댄 유재영은 숨을 헐떡이며 절벽 아래를 내려다보았다. 저 아래쪽에 놓인 붉은 점은 깊이 생각하지 않아도 야귀의 것이라는 걸 알 수 있었다. 구르는 유재영을 막고 대신 추락한 게 분명했다.

도선방이 유재영의 어깨를 두드렸다.

"가세. 여기서 죽기에는 너무 아깝잖은가?"

그들은 다시 험한 바위를 넘었고 일각 후 허일한이 불만 가득한 목소리로 말했다.

"이렇게 도망만 치다간 나중에 지쳐서 싸우지도 못할 것이오. 차라리 여기서 놈들과 싸웁시다. 야귀 스무… 넷이 죽었으니 열여섯이군. 보아하니 우릴 바짝 쫓는 자들의 숫자도 비슷한 것 같은데 한번 싸워볼 만하잖아요?"

"백천이와 함께 화금강인에게 당해보고도 그런 소리가 나오나?"

"그거야 숲이었고 여긴 풀 한 포기 없는 곳이잖소?"

"그렇다고 화금강인의 능력이 없어지는 건 아니야. 똥인지 된장인지 맛을 봐야 아나?"

"이대로 가다가는 맛볼 기회조차 없을 것이오."

"앞으로 기회는 얼마든지 있을 것이네. 보게."

허일한은 도선방이 가리킨 곳으로 시선을 돌렸다. 처음에는 그저 좁게 갈라진 바위틈인 줄 알았다. 그런데 가까이 다가간 후에야 그 틈에서 들어오는 거센 바람과, 바람이 사나운 이유를 알 수 있었다.

사람 하나가 겨우 지날 수 있는 틈을 통과하자마자 시야가 확 트였다. 그의 앞에는 폭이 세 뼘 정도밖에 되지 않은 돌다리가 길게 놓여 있었다.

인공적인 것이 아니라 자연의 신비가 만들어낸 삼십 장 길이의 다리였다.

다리 양쪽으로는 절벽이다. 그 높이가 어느 정도인지 운무가 깔려 보이지 않을 정도로 높았다.

"어떤가? 이 다리면 야귀가 꽤 시간을 벌어줄 것 같지 않은가?"

허일한도 인정할 수밖에 없었다. 화금강인이 강하기는 하지만 열여섯 명의 야귀라면 이곳에서 한 시진 정도는 막아줄 것이다.

그들이 피하기에는 넉넉한 시간이다. 사람이 사는 마을까지만 가면 하오문의 힘을 빌려 적을 따돌리는 건 어렵지 않았다.

허일한은 조심스럽게 다리에 발을 올려놓았다. 세 뼘 넓이니 눈감고도 갈 수 있는 공간이다. 하지만 양쪽이 절벽이라는 중압감과 두 걸음을 떼기도 전에 불어오는 날카로운 바람이 허일한을 거북이처럼 느리게 만들었다.

유재영과 도선방이 차례로 허일한의 뒤를 따랐다. 평지에서는 눈 깜빡할 새에 당도할 거리였지만 절벽 위 삼십 장 길이의 다리를 건너는 데 일각 가까이 걸렸다.

"휴우—!"

허일한은 다리 건너편 편편한 바위 위에 주저앉아 안도의 한숨을 쉬었다. 유재영이 허일한 곁에 드러누워 휴식을 취하는 사이 도선방은 야귀들에게 다리를 철저히 지키라는 명령을 내렸다.

"단 한 명도 저 다리를 건너오게 해서는 안 된다."

야귀들은 목숨이 붙어 있는 한 도선방의 명령을 따를 것이다. 야귀의 배치가 끝나기를 기다렸다는 듯 유재영이 일어섰다.

"조금 더 쉬어도 될 것 같은데……."

허일한의 말에 유재영이 걸음을 옮기며 대꾸했다.

"가면서 쉬지."

단지 걷기만 한다면 그것 또한 휴식이다. 물론 실제로는 그렇게 되지 않았다.

시간을 벌었다고는 해도 여전히 그들은 쫓기고 있는 상황이다. 야귀들이 벌어줄 것이라고 기대하는 한 시진이 실제로는 반 시진이 안 될 수도 있었다.

그러니 느긋하게 걷는 건 안전해진 다음일 것이다. 그들은 산의 능선을 따라 계속 움직였다. 산 중턱은 초록이 짙은 곳도 있었지만 그들이 딛는 지대는 온통 바위뿐이었다.

"좀 쉬었다 가지."

말을 하는 도선방의 숨소리도 거칠었다. 유재영은 찬 바위에 드러누웠다. 너무 힘들어서 눈물이 날 지경이었다.

뿌옇게 흐려진 시야 너머로 구름이 손에 잡힐 듯 가까이 흘러갔다.

"언제까지 이 산을 가야 하는 거요?"

허일한의 물음에 도선방은 많이 기운 해를 보며 대답했다.

"앞으로 한 시진 정도 달리면 내려갈 수 있는 길이 나올 거네."

"산의 어둠은 빨리 오는 법인데……."

이렇게 거친 산의 어둠은 그 자체로 위험했다.

"우리를 숨겨줄 수 있으니 나쁜 것만은 아니지."

"그럼 마을까지는 어느 정도 가야 합니까?"

"글쎄. 워낙 오래전이라… 산을 내려가고 한 시진이 걸렸던 것 같기도 하고……."

허일한이 손을 휘휘 저었다.

"관둡시다. 워낙 오래전이라는 그 얘기는 이제 지겹소."

거친 숨이 잦아들기를 기다린 유재영이 먼저 일어섰다. 피로가 가시기를 기다릴 만큼 한가하지 않다는 걸 잘 알고 있었다.

"어서 서둘러 안전한 곳으로 갑시다."

그때 그들 세 사람 것이 아닌 목소리가 들렸다.

"너희에게 지금 가장 안전한 곳은 저승이겠지."

그들은 화들짝 놀라 음성이 들린 쪽으로 돌아섰다. 비탈진 등성이 뒤에서 한 사람이 천천히 모습을 드러냈다.

뒷짐을 진 노인은 처음 보는 얼굴이었다.

"누구냐!"

허일한이 성질 급하게 검을 빼며 물었다. 검집을 스친 금속성이 사라지기도 전에 하나둘씩 대머리들이 모습을 드러냈다.

"화금강인."

도선방이 그 이름을 신음처럼 뱉어냈다.

"화금강인은 알아보면서 나 백호왕은 못 알아보다니. 그대들의 무지가 놀랍군."

열여섯 명의 야귀면 한 시진은 버텨줄 것이라 믿었는데 채 반 시진도 저들의 앞을 막지 못했다.

"너희가 만든 야귀는 너무 약하더군. 수수깡으로 만든 인형이라도 그보다는 나았을 텐데."

유재영은 암담한 시선으로 도선방을 봤다. 도망치는 것도, 싸우는 것도 결과는 정해진 것이나 마찬가지다.

물론 도망치다 등에 구멍이 뚫려 죽는 일은 없을 것이다. 마지막 가는 길에 백호왕이라도 저승 길동무로 삼는다면 그것으로 만족할 수 있었다.

죽음에 대한 긴장은 물 먹은 솜처럼 무겁던 몸을 오히려 가볍게 해주었다. 이곳은 그들이 지나왔던 길과는 달리 사방 이십 장 정도의 그리 높지 않은 바위들로 덮여 있었다.

싸울 공간이 충분하다는 건 지금 도선방 일행에게 좋지 않았다. 그만큼 백호왕을 죽일 수 있는 가능성이 떨어지기 때문이다.

그 희박한 가능성은 도선방이 백호왕과 이 장 거리를 두고 섰을 때 아예 사라졌다.

새로운 인물, 조운상이 나타난 것이다. 하지만 그가 조운상이 아닌 단지 그 이름의 탈을 쓴 청룡왕이라는 건 여진에게 들어서 알고 있었다.

"무공 고수의 몸을 얻으니 좋군. 보행신비법(步行神秘法)을 써도 전혀 피곤하지 않아."

지금 도선방 일행에게는 관심 없는 주제다. 딱히 할 말도 없었기에 그들은 침묵 속에서 청룡왕을 지켜봤다.

엷은 웃음을 머금은 청룡왕은 눈앞의 장난감을 어떻게 가지고 놀까 궁리하는 어린아이 같았다.

"네가 하오문 문주 도선방이로군."

뭔가 생각하는 표정을 짓던 청룡왕이 고개를 끄덕였다.

"조운상의 기억 속 얼굴이 맞네. 살 수 있는 기회를 줄까?"

"날 놀리는 것이라도 그 기회에 대해 듣고 싶군."

"네가 가지고 있는 그 지팡이로 날 한 대라도 칠 수 있다면 너희를 살려주지."

"정말인가?"

"돌아가신 내 부모님을 걸고 약속하지."

"자넨 부모 얼굴도 모르는 고아잖아?"

"큭큭큭… 역시 하오문의 문주답군. 어쨌든 너희에게는 밑져야 본전인 장사잖아?"

도선방은 옅은 한숨을 쉬었다. 유희의 대상이 된다는 건 도선방의 자존심이 용납하지 않는 일이었다. 하지만 목숨이란 무엇보다 소중하기에 지켜지기 희박한 약속이라도 믿을 수밖에 없었다.

"그 약속을 지키지 않으면 자네는 개새끼네. 어떤가? 그래도 약속할 텐가?"

"쯧쯧쯧… 날 한 대라도 때릴 수 있는 기회를 스스로 차버리는군. 내가 꼬리를 흔드는 일은 없을 것이다."

도선방은 청룡왕의 말이 끝나기도 전에 공격을 들어갔다. 전광석화라는 말이 무색할 정도로 갑작스럽고 빨랐다.

하지만 지팡이는 청룡왕의 머리 한 치 앞에서 잡혀 버렸다. 비록 전 공력을 싣지는 못했지만 조운상이라면 맨손으로 잡을 엄두도 내지 못했을 공격이었다.

"시도는 좋았다."

청룡왕의 손에서 지팡이를 빼기 위해 힘을 쓰던 도선방은 옅은 신음과 함께 뒤로 물러섰다. 펼친 도선방의 손바닥은 벌겋게 익어 있었다.

청룡왕은 도선방의 발 앞에 지팡이를 던졌다.

"다시 해볼 테냐?"

청룡왕이 넘을 수 없는 벽이라는 걸 깨닫는 데는 한 수면 족했다. 죽음으로부터 도망치기 위해 발악하는 모습으로 청룡왕에게 기쁨을 주기는 싫었다.

"저승에서 널 만날 시간이 그리 길지는 않을 것이다."

"후후후… 설백천을 믿는 것이라면 대단한 착각이구나."

"조운상의 몸뚱이가 얼마나 하찮은지 백천이를 만나면 깨닫게 되겠지. 저승에서 널 마음껏 비웃어주마."

청룡왕이 느린 걸음으로 다가오며 말했다.

"넌 저승조차 가지 못할 것이다. 네 육체와 함께 혼까지 태워 버릴 테니까."

도선방은 청룡왕이 손을 뻗으면 닿을 거리까지 다가왔지만 미동도 하지 않았다. 하오문을 위해 평생을 바친 늙은 무림인은 조용히 죽음을 받아들이고 있었다.

청룡왕의 손이 도선방의 어깨에 얹어졌다.

"고통스럽게 태워주마."

겉으로는 아무 변화도 없었다. 그런데 도선방의 입에서 비명이 튀어나왔다.

"크윽!"

부들부들 떨던 도선방은 기어코 무릎을 꿇었다.

"그만둬!"

허일한이 청룡왕을 향해 몸을 날렸다. 하지만 백호왕이 허일한보다 훨씬 빨랐다.

까앙!

검과 부딪친 백호왕의 팔뚝에서 쇳소리가 울렸다. 잘려진 옷자락 사이로 보이는 건 여느 노인과 다름없는 살결이었다.

"젠장! 괴물만 모였군."

그사이 도선방의 몸은 더 낮게 허물어졌다. 부들부들 떠는 도선방의 몸에서 옅은 연기가 피어오르기 시작했다.

안 되는 줄 알면서도 유재영은 청룡왕에게 달려들었다. 그가 이승에서 펼치는 마지막 무공이 될 것이다.

그런데 뭔가가 유재영의 곁을 스쳐갔다. 마치 검은 바람 같은 그것은 곧장 청룡왕에게로 향했다.

쾅!

굉음과 함께 청룡왕이 뒤로 주춤주춤 물러섰다. 허공에서 한 바퀴 회전해서 땅에 내려선 후에야 흑풍(黑風)이 설백천이라는 걸 알았다.

"백천아!"

설백천은 쓰러진 도선방을 살폈다. 어느새 나타난 예야후가 설백천에게 말했다.

"문주님은 내가 살필게."

그녀는 옅은 신음을 뱉고 있는 도선방의 등에 손바닥을 댔다. 두 사람의 모습을 지켜보던 설백천이 몸을 돌려 청룡왕을 향해 섰다.

"오랜만이라고 해야 할지 첫 인사를 해야 할지 헷갈리는군."

설백천의 말에 청룡왕이 뒷짐을 지며 대꾸했다.

"아무려면 어떠냐. 이후에 다시 볼 사이도 아닌 것을."

도선방을 치료하는 예야후 위로 그림자가 드리워졌다. 유재영은 새로 나타난 인물이 놀라웠다.

"설 문주가 여긴 어인 일이시오?"

설인환은 유재영을 향해 인사를 했다.

"아들 녀석 싸우는데 애비가 구경만 할 수 없어서 왔습니다."

설인환 외에 다른 일행은 보이지 않았다.

"혼자 오셨소?"

"문도들은 자식들과 함께 모산파로 갔습니다. 거긴 애들 싸움이고……."

설인환은 설백천과 청룡왕을 보며 말했다.

"여기가 진짜지요."

"쿨룩! 쿨룩!"

한바탕 기침을 한 도선방이 큰 숨을 들이쉬었다. 눈 몇 번
깜빡이는 사이 정신이 든 모양인지, 예야후를 보고 놀라는 표
정을 지었다.

"예 사고가 여긴 어떻게 알고 왔나?"

"오는 길에 고 소협과 여진 씨를 만났습니다. 문주님 일행
이 한재령을 넘는다는 얘길 듣고 이 길을 택한 것이지요. 저
희가 늦지 않아서 다행입니다."

"괜찮으십니까?"

유재영의 물음에 도선방이 가슴을 쓰다듬으며 대답했다.

"화기가 가라앉은 것 같군. 꼼짝없이 죽는 줄 알았네."

몸을 일으킨 도선방이 팔다리를 움직여 보더니 말했다.

"청룡왕에게 당하기 전보다 상태가 나아진 것 같군."

"다행이네요. 그럼 실례하겠습니다."

예야후는 예의 바르게 인사를 한 후 설백천의 곁에 섰다.
나란히 선 두 사람을 보니 세상 어떤 무기도 뚫을 수 없는 방
패를 가진 것처럼 든든했다.

"내 의도와는 조금 다르게 흘렀지만 싸움을 한 번에 끝내
는 것도 나쁘지 않지."

청룡왕의 말을 설백천이 받았다.

"내가 갈 때까지 기다렸으면 이렇게 찬바람 쐬지 않아도 되잖아? 괜히 잔머리 굴려서 여러 사람 고생 시키는군."

"꽉 막힌 청산권문보다야 싸우기에 이곳이 훨씬 낫지."

"하긴 죽기에 괜찮은 곳이군. 왠지 저승과도 더 가까울 것 같고."

청룡왕이 뒷짐을 풀었다.

"명성이 자자한 혈우권의 솜씨 좀 볼까?"

예야후가 설백천에게 물었다.

"괜찮겠어?"

"네 상대는 저기 있잖아?"

설백천이 턱으로 백호왕을 가리켰다.

"그럼 우리 상대는 줄줄이 늘어선 대머리들이로군."

허일한이 먼저 나섰고 도선방과 설인환이 뒤를 따랐다. 유재영은 그냥 뒤에 남기로 했다.

훗날 이 싸움을 누군가에게 들려줄 수 있기를 바라면서……

오 년 후.

"할아버지, 그래서요? 그다음에 어떻게 됐어요?"

눈을 동그랗게 뜬 두 꼬마 녀석은 귀를 쫑긋 세우고 얘기가 이어지기를 기다렸다.

"인석들아. 스무 번은 들었을 얘기가 그렇게 재미있느냐?"

"네! 그러니 어서 얘기해 주세요!"

"알았다. 어디까지 했더라?"

"산에서 청룡왕과 싸우는 장면까지요!"

"그래. 솔직히 그때까지만 해도 이길 수 있을 거라고 생각하지 않았단다. 청룡왕은 물론이고 백호왕과 화금강인 또한 세상에서 손가락에 꼽힐 정도로 강했으니까. 바람 한 자락이 스산하게 불어오고 누렇게 마른 낙엽이 백천이와 청룡왕 사이를 지나갈 때 두 사람이 움직였다."

두 꼬마가 침을 꿀꺽 삼켰다. 이 대목에서는 언제나 같은 반응을 보였다.

"번개가 번쩍하는 것만큼이나 빠른 속도였지. 청룡왕은 백천이의 어깨를 잡았고, 백천이는 청룡왕의 가슴 옷깃을 쥐었다. 청룡왕과는 떨어져서 싸워야 하는데 절대적으로 불리한 자세였지."

"그러게요! 청룡왕은 손을 대서 사람을 태우는 술법을 쓰잖아요! 그러니 당연히 붙어서 싸우면 안 되죠!"

그는 고개를 저었다.

"하지만 백천이는 여타 사람들과는 달랐다. 청룡왕의 술법이 무섭기는 했지만 백천이보다 강하지는 못했지."

"그래서 바로 주먹으로 치고 다리로 걸고 팔꿈치로 내려찍고 걸어차고……!"

"형이 다 얘기하면 어떡해!"

"허허허! 그렇게 간단한 싸움은 아니었다. 백천이도 꽤 고전을 했지. 옷이 다 타서 나중에는 벌거벗고 싸웠으니까. 하지만 네 말대로 결국에서 청룡왕을 흠씬 두들겨 패서 이겼지."

"어떻게요? 직접 보여주세요!"

"또?"

"네! 어서요!"

꼬마들의 성화에 어쩔 수 없이 일어서는데 다행히 구원자가 나타났다.

"요 녀석들아! 할아버지 힘드신데 왜 자꾸 귀찮게 해!"

세월이 흘렀어도 여전히 아름다운 그녀 예야후는, 마당 중앙에 선 정자를 향해 성큼성큼 다가왔다.

"어… 어머니."

찔끔한 두 녀석이 유재영의 눈치를 슬금슬금 봤다.

"허허허! 난 괜찮네. 백천이 싸운 장면 시연하고 자네 것도 애들한테 보여줘야지."

"에구, 유 사부님도 참. 저 싸운 거야 보여줄 것도 없지요.

워낙 간단했잖아요."

유재영은 눈동자를 위로 올려 생각하는 표정을 지었다.

"내 기억에는 자네도 꽤나 살벌했던 것 같은데. 옷도 거의 타서 그 가슴 쪽도 조금 보이……."

"유 사부님!"

"험! 뭐, 내가 봤다는 건 아니고."

"어? 큰어머니!"

두 녀석이 반가운 얼굴로 정자를 내려와 대문으로 뛰어갔다. 배가 크게 불러 산달이 얼마 남지 않았다는 걸 알 수 있는 여남희가 마당으로 들어섰다.

"언니!"

한달음에 달려간 예야후가 여남희에게 물었다.

"의원에서는 뭐래요?"

"쌍둥이라네."

예야후의 눈길이 여남희의 치마를 잡은 두 녀석에게 향했다.

"언니도요?"

"호호호! 자네나 나나 두 번 고생하지 않아도 되니 좋아해야지. 서방님은?"

"이제 곧 들어오겠죠."

호랑이도 제 말하면 온다더니 문밖에서 설백천의 목소리

가 들렸다.

"글쎄, 천 사부 얼굴만 보고 온다니까!"

"이놈아! 네 속셈 모를 줄 아느냐? 북경 가서 벼슬 알아보려는 거잖아!"

"벼슬은 무슨. 기생의 자식은 과거도 못 본다는 거 도 사부도 잘 알잖아?"

"천인조 그 인간이 정이품의 이부상서인데 그 정도는 능히 손을 써주겠지! 이 년 전 올라간 허 추관도 다시 예전 벼슬로 복직됐잖아!"

고성이 한참 들린 후에야 설백천과 도선방이 집으로 들어왔다.

"그래! 영감 말이 맞다 쳐! 난 벼슬 하면 안 돼?"

"하오문 문주가 벼슬아치라는 게 말이 되냐?"

"안 될 건 또 뭐 있어? 뭐든지 처음이라는 게 있잖아?"

"쓸데없는 소리 하지 말고 내일 잡을 소나 확실히 챙겨둬!"

"젠장! 명색이 문주가 도살장에나 처박혀 있어야 한다는 게 말이 돼?"

"도살장이 싫으면 광대나 건달이 되든가. 기술을 배워 소매치기를 하든가. 거문고 잘 타니 남자 예기도 괜찮겠군. 문주라고 무위도식할 생각은 꿈에도 하지 마라."

"쳇! 자기는 제자 하나 찾는다고 문의 재산을 다 말아먹은 주제에."

"흐흐흐… 그래서 널 찾았잖느냐?"

긴 한숨을 쉬는 설백천에게 두 꼬마 녀석이 들려들었다.

"아버님!"

"어이쿠! 이 녀석들! 안 본 사이에 많이 컸네!"

"매일 보잖아요!"

"아침하고 저녁이 이렇게 다르니 이제 곧 이 아버지보다
더 크겠구나. 하하하!"

두 녀석을 양쪽 어깨에 얹은 설백천이 여남희와 얘기를 하
는 사이 도선방이 예야후에게 다가와 물었다.

"모산파의 일은 잘 보고 왔나?"

"네. 건물은 거의 완성되었어요. 제자들도 꽤 많이 들어왔
고요."

"필요한 게 있으면 말하게. 하오문이 힘닿는 데까지 도와
줄 테니까. 유실된 책들은 모으고 있으니 조만간 모산파로 보
내주지."

"신경 써주셔서 고맙습니다."

"고맙긴. 하오문과 모산파는 한식구나 마찬가지인데."

도선방이 설백천에게 들리지 않게 속삭였다.

"백천이 저 녀석 북경으로 보내면 절대 안 되네."

귀 밝은 설백천이 속삭인다고 못 들을 리 없었다.

"안 가! 내 도살장에서 뼈를 묻을 테니까 이번에 열리는 무림대전인지 뭔지 하는 행사에도 영감이 가!"

"잉? 인석아, 무림의 방귀깨나 뀌는 문파들이 모이는데 당연히 문주인 네가 가야지!"

"하오문 문주도 때려칠 거야! 난 그냥 백정으로 살래!"

도선방은 집 안으로 들어가는 설백천의 뒤를 쫓아갔다.

"그래도 거긴 가야지. 비로소 하오문이 명문대파의 길로 들어서고 있는데 그런 행사를 빠지면 안 되잖아. 백천아! 어이! 설 문주!"

평범한 일상의 나날 속으로 따스한 봄 햇살이 그렇게 영글고 있었다.

『完』

허담 新무협 판타지 소설
FANTASTIC ORIENTAL HEROES

수선경

작은 샘이 바다로 모여들 듯,
만류의 법이 하나로 회귀하듯,
다섯 개의 동경이 드디어 하나로 모인다.

검을 만드는 사람과
검을 쓰는 사람,
그리고 검을 버리는 사람의 이야기!

천명을 타고 태어난 **청풍**과 **강검산**
그리고 혈로를 걸어온 살수 **타유**,
그들이 다섯 줄기의 피의 숙명과 마주한다.

Book Publishing CHUNGEORAM

유행이 아닌 자유추구 -
WWW.chungeoram.com

이민섭 新무협 판타지 소설

죽지 못하는 자는 살지 못하는 것과 같다.
그래서 그는 스스로를 무생(無生)이라 부른다.

『무생록(無生錄)』

은퇴한 기인들의 마을, 득도촌
그곳에서 가장 기이한 자는…
은거기인들마저 놀라게 하는 한 명의 청년

"그 무엇도 궁금해하지 말 것!"

부엌칼로 태산을 가르고,
곡괭이질로 산을 뚫는 자, **무생!**

흘러 들어온 **남궁가의 인연**으로,
죽지 못해서 살아온 그가
이제 죽기 위해 무림으로 나선다.

살지 못한 자가 비로소 살게 되었을 때
천하가 오롯이 그의 것이 되리라!

Book Publishing CHUNGEORAM

유행이앞선 정보의 공간~
WWW.chungeoram.com

FUSION FANTASTIC STORY
천성민 장편 소설

짐승의 규칙

『무결도왕』『다크로드 블리츠』
천성민 작가의 신간!

『짐승의 규칙』

살아야만 했다.
나를 위해 희생당한 부모님을 위해.
복수를 위해.

죽여야만 했다.
내가 살기 위해 타인의 목숨을.

그렇게……
나는 짐승이 되었다.

Book Publishing CHUNGEORAM

유행이 아닌 자유추구 -
WWW.chungeoram.com